검은 태양 현상

예술가시선 40

검은 태양 현상

초판 1쇄 발행   2025년 8월 1일

지은이   김동헌

펴낸이   한영예
편집   박광진
펴낸곳   예술가
출판등록   제2014-000085호
주소   서울 송파구 문정로13길 15-17, 201호
전화   010-3268-3327
팩스   033-345-9936
전자우편   kuenstler1@naver.com
인쇄   아람문화

ISBN   979-11-87081-36-4 03810

예술가 시선
40

검은 태양 현상

김동헌 시집

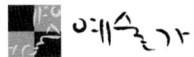

이 작은 시집을

졸수卒壽를 넘기신 존경하고 사랑하는 어머니께

그리고 내가 사랑하는 이쁜 사람들에게

바칩니다.

시인의 말

삶은 얼마나 불완전한가? 기억은 얼마나 조작되기 쉬운가? 진실은 얼마나 진실하지 않은가? 석탄을 나르던 검은 길은 트레킹하기 좋은 하늘길이 되었다. 무연탄 자욱했던 검은 풍경은 조용히 신록에 묻혔다. 항상恒常한 것은 없다. 무연탄도 무연탄을 캐던 사람도 이 고원에서 다른 것을 캐며 삶을 살아내던 사람도 시나브로 사라져갔다. 끝이 명확히 보이는 번영이었는데도 사람들은 그것이 항상할 줄만 알았다. 번성과 폐광, 이주와 몰락으로 이어지는 탄전의 역사를 고원의 대자연이 침묵으로 감싸고 있다.

나는 오롯이 오늘의 길을 걷고 오늘의 산과 바람과 새와 산짐승과 꽃과 풀과 나무를 느낀다. 그러나 무슨 의미를 찾지는 않는다. 하지만 지난 몇 년간 나는 이미 흘러가 버린 어제의 기억들에 불을 붙이고 모종의 흔적을 포착하려 했다. 무無로 돌아간 것들을 소환하는 강신降神의 의식. 옛날의 운탄고도는 탄화된 기억 속에만 존재한다. 그 기억을 불러내어 기록하는 것. 그 시절 이곳에 살았던 사람들과 그들을 품었던 산하를 추억하는 것. 무상無常함에 의미를 더하는 것. 시는 그 일도 마땅히 해야 한다고 믿었다.

2025년 8월

不二精舍에서 김동헌

목차

해설

1부

꽃잎 지듯 바람 자듯 그렇게

봄은 짧았다.
신록에 자리 내어주고
문득 피었다가 시나브로 꽃잎 진다.

밤새 불던 바람도
미명의 시간에는 고요 속에 숨는다,
공空한 그 자리 흔적 없는 저 고요함이여.

내 끝도 자취 없으면 좋겠다.
꽃잎 지듯 바람 자듯 그렇게
생멸의 강 건너서 꽃처럼 바람처럼 그렇게.

* 고정불변하는 실체가 없다는 것. 無自性은 대승사상의 핵심이다.

이팝나무꽃이 피는 시절

항구의 봄이었다.
개나리 벚꽃 피고 또 지고
입하 무렵에 핀 순결한 이팝나무꽃
꿈같은 꽃망울로 하늘거리던 그 계절의 그대를 알고 있지.

이율배반의 영혼이었다.
개나리 지듯 저렇게 저물어도 되겠다.
비 맞은 벚꽃처럼 참담하게 저물어도 되겠다.
그냥 타나토스[*]를 만나려던 때에 그대가 가슴에 들어왔었어.

그래, 그렇더라 그런 일도 있더라.
성장盛裝^{**}하고 나타난 너를 보며 눈꽃 같은 너를 보며
이 계절을 몇 번이고 다시 봐도 좋겠다
살고 다시 살아 신목神木의 그밀 사랑해도 되겠다 싶었던
거야.

이렇게 삶은 찬란하구나.

사는 것보다 죽는 것이 자연스러운 이 별에서

나고 자라 뿌리내리고 때를 만나 꽃 피우며 살아가는 일

마침 꽃말이 영원한 사랑이던가? 마음에 피어난 고운 그
대여

* 자기 파괴를 향하는 죽음의 본능으로 프로이트가 사용한 용어
다. 그리스 신화에서는 죽음을 의인화한 신이다.
** 잘 차려입은 모습 또는 그런 차림새.

지금은 충전 중이다

창문으로 햇살이 온다,
한 줄기 햇살 화분을 비추고
시집을 비추고 책장을 비추고
창문을 투과한 힘으로 내 안을 비춘다.
온몸이 환하다.

빛이 따스하다.
블루투스 장치는 햇살로 작동 중 나는 충전 중
자동으로 동기화되어 소멸하던 기억과 잊었던 언어가
햇살 받고 깨어나 무럭무럭 자란다.
시도 때도 없이 자라서 꽃 피고 열매도 맺는다.

나는 언제 빛이 될까?
너를 비추는 한 줄기 햇살이 될까?
너의 책갈피를 비추는 아침 볕이 될까?
나는 언제 너를 밝히고
그 힘으로 나를 밝힐까?

나는 충전이 될까?

블루투스처럼 자동으로 너를 충전시킬까?

자동 삭제된 기억의 뉴런을 일깨워

내가 너와 같지 않고 다르지도 않음을 알게 될까?

이 깊은 어리석음을 벗을 수 있을까?

머나먼 남쪽 하늘 아래[*]

그리운 것은 먼 곳에 있다.
사랑하는 것들은 늘 저 먼 곳에 있다.

인연이라는 말은
닿을 수 없어서 아득하고 그립다.

머나먼 남쪽 하늘은 방향을 이르는 말이 아니다.
그리움의 대상이 있는 곳 그리움의 대상이 사는 곳
마음의 정처가 있는 곳 당신이 숨 쉬고 있는 곳
바로 그곳이 머나먼 남쪽 하늘이다.

돌아가신 아버지도 거기 계시고
늙고 병약한 어머니도 거기 계시고
아아 내가 마음으로 귀애하는 사람들은 언제나
여기가 아닌 머나먼 남쪽 하늘 아래에 있다.

그리운 것들은 늘 저 먼 곳에 있다.

함백산 연화산 매봉산 태백산에 막혀

문 열어도 방향조차 모호한 땅

겨울엔 온통 북풍만 불고 여름에야 남풍이 머무는 곳

동풍 서풍은 산맥을 감돌아야 들어오는 이곳은 낯선 타향

그리운 것들은 먼 곳에 있다.

가령 유달산이라든가 유달산 아래 고즈넉한 찻집이라든가

아니면 휴대전화 연락처 목록 어디쯤엔가

부르면 부서질 것 같은 사랑하는 이름이라든가.

나는 생각을 더듬으며

긴 밤을 견디고 아침을 맞는다.

추운 겨울을 살아내고 봄을 맞는다.

그리고 그리운 사람을 그리워하며^{**} 이렇게 살아간다.

* 나훈아가 부른 노래
** 서정주의 「푸르른 날」에서

꽃이 피고 새가 운다

내 이쁜 사람아
이렇게 하나의 우주가 꿈같이 지나가고
네 마음처럼 알 수 없으나 내 마음처럼 알 수 있을 것도
같은
또 하나의 우주가 돌아왔다.

그대 빛나는 두 눈에 나보다 먼저 봄이 피는 건
자연의 힘이 네 맑은 눈빛을 알아봤기 때문이겠지.
눈빛이 혼탁한 나는 네 봄과도 멀리 떨어져 있구나.
그리움을 검은 외투에 아로새긴 수도사처럼.

내 이쁜 사람아
나무가 자라고 꽃이 피어나고 강이 풀리는 이유를 아니?
알 수 없는 그리움들이 모여
나무를 키우고 꽃을 보듬고 강을 감싸 안는 이유를 아니?

널 위한 일이다, 이쁜 사람아
널 위해 꽃이 피고 새가 운다.
강이 풀리고 물이 흐른다,
그러니 그대여 일어나 네 삶을 저 나무의 수맥에 실어 보
내렴.

아아 그러면 그대여 나는
봄을 기다리는 춘양목처럼 여기 홀로 서서
귀 기울이지 않아도 선명한 네 음성 들으며
기꺼이 순환하는 우주를 빛나는 저 하늘에 아로새길 테니.

없어질 있음

그리운 그대여
거긴 꽃 피었느냐? 바람은 부느냐?
들판에 파르라니 새싹은 돋았느냐?
사람들은 영원을 살 것처럼 바삐 움직이느냐?

이쪽 인근엔 큰 불이 났다.
지금까지 존재했던 나무와 꽃이 수많은 마을이
불길 속에서 연옥처럼 천국처럼 사라져 갔다.
폭우나 내려야 끝날 산불을 보며 없어질 있음을 생각한다,

허망을 영원이라 믿은 사람은
허망의 틀 위에 헛된 염원을 쌓아두었구나.
보이는 모든 것들이 결국 없어질 것이라면
실존하는 한 시절의 불타오름을 이해할 수 있지 않겠느냐?

그리운 그대여

여긴 목련 꽃망울이 하얗게 움트고 있다.

생강나무꽃 제법 노랗고 진달래꽃은 곧 피겠구나.

화마에 불탄 것들도 곧 돌아올 것이다. 있어질 없음이다.

그러니 가끔

그리움의 촛불 하나 밝히고

영혼 한편에 너를 품어 봐도 좋지 않겠느냐?

너도 가고 나도 간 자리에도 생멸은 반복되는데?

우리는 무엇이었을까

꽃 떨어진 자리 외로웠을까?
잎사귀 돋는다.
꽃 빈자리 채우는 잎싹 예언처럼 푸르다.

망각의 시간이 미안했을까?
안개가 피어오른다.
어화둥둥 내 사랑처럼 안개가 날아오른다.

하늘에서 떨어지는 유성
낙하의 자리 채워줄 간절한 우주의 탄생
올려다보면 양탄자처럼 깔려 뽀얗게 빛나는 은하수.

우리는 외로운 별이었을까?
수 없이 두근대던 가슴속 꽃이었을까?
서로 익숙하게 빈자리 채우던 그대와 나는?

마음은 그러하다

산맥을 휘감은 붉은 노을
해가 진다. 하루를 달려온 해가.
이 세상 어딘가에선 아침이 오고 해 뜨겠다.

저무는 일도 이렇게 아름답구나
타오르다 때 되면 서산에 노을로 지는 해와 같이
우리도 황홀한 이 삶을 잘 살아내고 저물어야 한다.

반복을 반복하며
외로운 이 행성의 변방을 떠돌지만
마음은 오롯이 네 편이다. 거울 같은 그대여.

나쁘지도 않고 좋지도 않다
세상은 그저 그런 것이다. 존재하고 사라지는 반복의 장場
너와 나 꿈같고 환영 같구나. 이 마음처럼.

유일한 기쁨

어둠 속에서도 시간은 당당하고
그대는 시간 속에서도 이처럼 빛나네.
눈 감아도 눈 떠도 마치 오늘처럼 빛나네.

무상無常*한 그대여 공평한 것은 죽음뿐이라
나는 죽음을 사랑했고 그걸 가지려 했지.
가만히 있어도 찾아오는데 철없게도.

그래도 나는 죽고만 싶었네.
공평한 게 좋았거든.

그러나 기각, 기각, 기각.

내 소망은 언제가 기각됐지. 때가 아니었는지
이미 산 주검인 내게 항소권조차 없었지

따스했네. 무명無明^{**}을 일깨우는 그대 눈동자

잠시 그 눈빛에 몸을 녹이며

오지 않는 봄소식을 천천히 기다리곤 했지.

시간은 어둠 속에서도 여전히 당당하고

그대는 내 기억 속에서 이처럼 밝게 빛나네.

낮은 소리로 그대 찾으면 밀려드는 이 내밀한 기쁨이여.

* 모든 것이 생멸 변전하여 상주함 즉 머무는 바 없는 것이다.
** 이치에 밝지 못한 생각, 알지 못하여 생기는 것이다.

28

잠시 울었는지도 모른다

비 막 그친 길
난분분하게 떨어지는 선홍의 꽃비
천천히 그 길 달리자니 울컥 눈시울 뜨겁다.

인연 따라 일어났다 스러지는 게 삶인데
살아있는 모든 것은 죽는 것이 필연인데
투병 뒤에 만난 풍경에 눈시울 약해졌나 보다.

다시 설 수 있으려나 싶어서
꽃 같은 널 다시 볼 수 있으려나 싶어서
약해진 걸까 아픈 몸처럼 마음도 무너진 걸까?

구차하지 말자 구차하지 말자
죽어도 좋지만 사는 것도 좋으니
이겨내자 갈 땐 가더라도 속으로 다짐한다.

그래서 이 모양일까

어떤 사람은 심장이 뛰어서 행복하다 했지.
그 사람 철없는 사람 시인처럼 생각하는 사람
심장이 뛰면 아프고 가쁘고 무서운 걸 알 도리 없는 사람.

삼천판폐쇄부전증이 수시로 긴 밤 깨우는데
심장 두근거리는 그 행복을 잊은 지 오래인데
박동시간이 다르면 이 별에선 사랑도 할 수 없나 싶은데.

그래서 일 것이다. 그래서 이 모양일 것이다.
운명처럼 세상과 불화하는 참담한 기질로 사는 이유는.
그러니 그대 앞에 선 순간 숨 멎는다면 다행이다 정말 다
행한 일이다.

그냥 가도 되겠다

봉정사 숲길
수백 년 된 소나무가 죽어있다.
조용히 누워 봄빛에 썩어가고 있다.
주변엔 잡풀들이 주검을 거름 삼아 풋풋이 살아간다.
노송은 이제 소나무를 벗었다.

고목도 죽어가는 마당에
사람 하나 없어지는 일이 무슨 이야깃거리일까.
아주 익숙한 반복일 뿐인데?
무명의 시인 하나 이 별에서 지워져도
높으신 하늘은 눈 하나 깜빡 않을 텐데?

때 오면 그대여
나 말없이 그냥 가도 되겠다.
개묵골 소나무 그늘에 자리 깔고
하염없는 들꽃으로 피고 져도 좋겠다.
어떤 신의 은총도 바라지 않고 그대 기다려도 좋겠다.

바람이어도 좋겠다.

빗물이어도 좋겠다.

아니 아무것 아니라고 해도 좋겠다.

꿈같은 세상 먼지 같은 세상 인연이 다하면

그냥 살았던 기억 한 조각마저 스러져도 좋겠다.

하늘다람쥐에게

슬퍼하지 마라.

어차피 갈 길은 둘 뿐이었다.
삶 아니면 죽음, 다른 길은 본래 없었다.

다행이다. 드디어 미물微物의 삶을 끝냈구나.
자연스럽게 빛나는 소멸을 맞이하였구나.

그건 우리 별에서 늘 반복되는 사소한 일.
차에 치여 죽은 다람쥐여 부디 잘 가거라.

무죄다. 네 변신은

길고양이의 마지막 법문

볕이 좋구나
날 부르는 네가 있어 좋구나
신선이 따로 있나 살아있는 오늘이 신선이지.

너는 마음 아파하는구나.
여전히 오온五蘊*을 떠나지 못하는 마음이구나.
그런 마음이 인간종의 특징이라면 또한 고맙다.

나는 길에서 태어나 이 절에서 죽을 모양이다,
대중大衆**들 인심 야박해 밥 못 먹었으니 쇠약은 정한 이치
그래도 사시불공巳時佛供***소리 끼니로 들었으니 그것으
로 되었다.

나를 슬퍼하지 마라. 삶의 끝에 있다고.
끝이라고 하는 말은 망상일 뿐이다.
나는 흙과 물에 불과 바람에 넉넉히 귀의歸依할 것이다.

* 물질과 정신을 다섯으로 나눈 것. 색色, 수受, 상想, 행行, 식識을 말한다.
** 사부대중 즉 남녀 승려와 남녀 신도를 통칭하는 말이다.
*** 사찰에서 매일 밥을 공양하는 의식. 사시는 오전 9시에서 11시 까지다.

미륵고개에서 만난 여래*

봉성면에서 미륵고개 가는 길은 아카시아 산길
향긋한 꽃냄새가 짙은 신록의 냄새를 지운다.
길가엔 고추밭 담배밭 하얗게 피어난 감자꽃

흰 꽃잎 위에 잠시 앉은 오후의 햇살
심하게 등 굽은 촌 할머니 천천히 어루만지며
수고했다고 이젠 좀 쉬라고 다독이듯 저물어 가는 곳.

미륵고개에 기대고 선 석조 여래의 미소는 석양 같다.
삼 미터가 넘는 강인한 몸 산마루에 기댄 법신法身
단아한 수인手印에서 들려오는 담마曇摩**의 소리

조견 오온개공*** 도 일체고액
그대 고苦를 벗었는가? 고락이 한 몸임을 알았는가?
고개에서 쉬다가 말 거는 촌로의 눈에 문득 여래가 스친다.

여래께서 낙조落照를 부르는가?

침묵의 설법 낭자한 고갯길 돌아다보면

긴 노동 끝내는 사람들 사이로 마침내 석조 여래 환히 웃
는다.

극락이 따로 없다.

* 경북 봉화군 봉성면 미륵고개에 있는 석조여래입상.
** 담마dharma는 진리, 가르침, 법을 뜻하는 말이다.
*** 오온이 모두 공함을 비추어 보고 모든 괴로움에서 벗어났다
는 반야심경의 한 구절. 오온이란 인간 존재를 구성하는 다섯 가
지 요소를 의미한다. 공하다는 것은 인연에 의해 생겼다 사라진
다는 의미로 무상과 무아를 말한다, 오온은 끝없이 변화하기 때
문에 고정된 자아나 실체가 없다는 것, 즉 항상한 것도 없고 나
라고 할 것도 없다는 것이다.

어디서 와서 어디로 가든지

산정에 눈이 온다.
높은 곳부터 얼려버리는 추위
하늘에 가까울수록 물은 눈이 되어
정상에 서 있는 주목 정수리부터 물들이며
서서히 우리들의 시간 속으로 스며들어 쌓인다.

느티나무 잎에 비가 온다.
마을 적시고 추적추적 내려 빈들과 앞산 적시고
활엽수를 지나 침엽수를 지나 수목한계선을 지나 공제선을 지나
마침내 목전의 하늘에 마구 흩뿌린다.
주문처럼 피어올라 구름 되어 날아간다.

눈이 어디부터 와서 어디로 가든지
비가 어디부터 와서 어디로 가든지
이 행성의 질량에는 아무런 변화가 없다.
그저 기체였다가 눈이었다가 물이었다가
이 별나라 어딘기에 머물나 내리고 머물다 사라질 뿐.

우리가 어디서 와서 어디로 가는지
우리가 왜 우리인지 왜 여기 머무는지
궁금하지 않다 그대여 그냥 감사하다.
빗속을 둘이 걷다 눈길을 홀로 걷다
자취 없이 사라져도 이 별의 무게는 같을 것이기에.

누구를 위하여 조종弔鐘은 울리나?[*]
그것을 알기 위해 애쓸 필요 없다.
광활한 우주에서 우연히 만난 우리
스치는 이 고운 인연에 감사하면 된다.
존재와 소멸이 일란성쌍둥이임을 알면 된다.

* 어네스트 헤밍웨이의 소설 「누구를 위하여 종은 울리나」에서

2부

길 잃은 나도 돌아서 간다

여기가 어딘가.

화절령 어느 화전?

두위봉 막다른 길?

서슬 푸른 바람도 끝내 돌아나가는 낯선 길

그대여 어디 있는가.

허상에 기대어 지금껏 불렀던가?

도깨비에 홀려 밤새 허방 짚는 김 첨지처럼?

불러도 가까이 가려해도 너는 꼭 그만큼 멀구나.

길 위에서 길을 묻는다.

누구일지 모를 그대들이 길 찾다 사라진 곳에서

무슨 치峙? 무슨 령嶺? 무슨 봉峰? 자욱한 생의 고개 넘어

길 잃은 나도 끝내 고개 숙여 돌아서 나간다.

애호랑나비

긴 동안거冬安居 중
이생이 궁금했을까?

봄이 되면
높은 산 깊은 계곡 사이로
나비 한 마리 포르르 날아오른다.

광부의 쓸쓸한 혼이
저렇게 처연히 환생하는가?

저것 봐 저것 좀 봐
참꽃 핀 봄마다 춤을 추는
저 뜨거운 혼백.

문수봉에 서서

마침내 이 자리다.
푸른빛이 하늘로 흐르고
검은 별빛 숲에 자욱한 이곳.

더러 깊은숨 몰아쉬고
더러 심장을 부여잡고
더러 고통에 몸부림치면서.

피어나는 꽃 지저귀는 새소리
오래 잊고 살았던 두런두런 사람들 소리
아아 이토록 간곡한 망각의 전조들.

새여 돌탑에 앉은 검은 새여
너는 하늘이 가깝겠구나
별이 가슴에 가득하겠구나.

돌이 될까? 널 그리는 내 심장은
남은 실핏줄 한 올마저 산화酸化되어
귓전에 나지막한 네 숨결이 될까?

둥근털제비꽃

찬 바람 부는
이름 모를 계곡에
눈녹이*는 시작되고

풍문처럼 날아든 봄바람
시나브로 눈 위에 얼루기를 만드네.
대지를 녹이는 지열에 기대어
언 땅 비집고 나직하니 피어난
저 어여쁜 둥근털제비꽃.

꽃 모양의 눈녹이 사이
수줍게 웃는 저 꽃 무리.
사월의 눈발 아래 소복한 잔털 사이에
눈석임물 머금고 연한 자줏빛으로
총상 꽃차례로 자욱한 꽃이여 나의 봄이여.

뒤울이 동풍

섞어 치는 무명의 땅

눈녹이 따라 타닥타닥 스며드는 꽃 피는 소리.

* 눈석임의 북한 방언으로 쌓인 눈이 속에서 녹아서 스러지는 것
을 말한다. 봄에 날씨가 따뜻해지면 지열에 의해 이런 현상이 일
어난다. 그 물을 눈석임물 또는 눈녹이물이라고 한다.

물소리

잠시 비 멈춘 계곡에 서면
질량을 잃고 서서히 내려앉는
허공 같은 물소리 물소리.

고통의 생각들은
물결에 띄워 보내고
간절하게 침묵이여 불러 본다.

문득 조용하게 들리는 그대 음성
물안개 따라 너를 닮은 생각들이
참참이 피어오른다.

시간이 귓전에서 빛난다.
여기에 있어도 여기에 없는 우리가
산 메아리로 하롱하롱 떠오른다.

물 같은 마음아 너도 떠오르는가.
바람 같은 마음아 너도 휘몰아치려는가
우주처럼 저 황홀한 우주처럼?

새에게

너는 멈칫거리지 않고 산맥의 물결을 넘는구나.
봄 햇살 건너서 고적孤寂한 풍경의 물결을 넘는구나.
이름 없는 산과 들을 넘는 네 모습은
계시와 같이 막막하고 언약과 같이 적막하구나.

물안개 피어나 네 몸을 덮는다.
수증기 날아올라 하늘로 퍼져간다.
부서지지 않는 물방울이 햇살 뒤에 숨는다.
네 날개가 온통 은빛으로 찬란하다.

나는 조용히 풍경 위의 새를 본다.
너를 보기 위해서는 이렇게 잠시 멈춰야 한다.
시간을 멈추고 이 비행을 찬찬히 바라봐야 한다.
저 새가 되기 위하여 폐포肺胞 가득 깊은숨을 채우면서.

금강초롱꽃

너는 너로 그만 만족한다.
내가 나이기 때문이다.

네 미모가 모두를 유혹해도 상관없다.
나는 그런 너인 네가 좋으니까.
유혹하는 것이 네 의도는 아니니까,
네 아름다움에 취해 스스로들 미혹된 것이니까.
그럴수록 나는 한 걸음 물러서서 꽃봉오리에 숨은
네 맑은 영혼을 혼자서 독판 누릴 것이다.

나는 나로 오롯이 있으면서
너인 너를 멀찍이 섭리처럼 바라만 볼 것이다.

새비재에서

미치겠네.
저것 좀 봐 바람보다 빠른 새
탄좌炭座 굽어보며 밭 갈던 사람 닮은
새비재 높이 떠돌고 있는 붉은머리오목눈이.

재빠른 너는 어쩌다
이 재를 떠나지 못하고
빈 마을 향해 긴 휘파람만 부는 것인지
네 평생의 노래만 한숨처럼 날리는 것인지.

인적 드문 이곳은
둘러보면 바람의 나라
둘러보면 산맥의 나라
둘러보면 빽빽하고 자욱한 폭설의 나라.

미치겠네.

저기 좀 봐 적막보다 더 빠른 새

주름진 산하에 탄화의 흔적 빠질 때까지

참고 돌보다 이젠 늙어 버린 붉은머리오목눈이.

바람새[*]

나는 그냥 죽어서 바람새 될래.
천국 따위는 가지 않겠어.
인간으로 영원히 사는 건 싫으니까,

그냥 그냥 죽어서 바람새 될래.
별이 빛나는 밤에는 별빛 사이로 불고
햇살 따사로운 봄에는 꽃동산을 떠돌래.

혹시 알아?
함박꽃 같은 그대 가시는 길
솔솔 부는 솔바람으로 따르다 보면
그 고운 얼굴 잠시 어루만질 수 있을지?
이마에 맺힌 땀 우연인 듯 닦아 줄 수 있을지?

그렇게 우리는 만나는 거지.
신탁神託을 거스르고 막장 같은 삶도 잊고
그대 숨결 위에 머물다 가는 바람새 되어.

* 바람새는 바람이 부는 모양을 이르는 말이다.

상고대[*]

산을 가르며 눈바람 불더니
기어코 천지에 피네 저 상고대.
맑은 물소리 날아오르면
수빙樹氷이 되어 산사람의 얼굴 비추고.

동고비 발길 따라 고라니 흔적 따라
비상골 거스르는 협곡 사면斜面을 지나
그대 오르려는가? 이 조빙粗氷의 하루를
기어코 꽝꽝 도끼질로 사랑조차 찍어 내려는가?

신령도 기원도 날아간 산속
별빛 닮은 사람들은 별빛 속에 숨고
먼 인간의 동네 여기서는 보이지도 않는구나.
사르래나무 외피에 수상樹霜만 피워내고.

영하를 끌어안은 시간이

물지게 진 그대 지나 외로운 샘터를 쓸어내면

물길은 하이야니 수증기를 내뿜어

가문비나무 가지마다 빛나는 무빙霧氷을 만드네.

* 나무나 풀에 내려 눈처럼 된 서리를 말한다. 만들어진 양상에
따라 수빙, 조빙, 수상, 무빙 등으로 불린다.

샛별

겉잠 깨어 문 열면
성큼 방 안으로 쏟아지는 별 무리
칼칼한 겨울 냄새 퍼지면
비로소 꿈을 꿀 수 있을 것 같은 생각들
눈꽃처럼 자라서 새벽을 밝혔다.

그래 오래 잊고 살았다.
고원도 도장방*을 저미던 추위도
영원과 같았던 독가촌獨家村**의 밤도
오랫동안 이 모두를 잊고서 살았다.
새벽하늘도 보석 같은 밤하늘도

그리움의 뜻을 깨달은 나이
검은 머리에 흰 서리 내린 후에야
그런 불면의 날 새벽녘에야
사랑하는 사람이여 마음으로 불러 본다,
심장을 녹이며 빛나던 내 눈을 그리며

샛별 같구나. 그대 두 눈은

이름 없는 능선과 같구나.

아니 살을 에는 추위 같구나.

오래 잊고 살았던 기억 같구나.

아니 모두 잠든 시간을 홀로 밝히던 새벽 같구나.

우리가 끝내 닿지 못하고 죽을 약속의 땅과 같구나.

* 도장방은 여자가 거처하던 방을 말한다. 흔히 안채에 부엌이 붙은 방으로 아낙네들의 살림을 모아둔 방을 도장방이라 불렀다.
** 한 집만 외롭게 덩그러니 있는 마을.

부치지 못하는 편지

감정이 심장 되돌아 나갑니다.
몸을 기어코 빈집으로 만들겠다는 듯
머리에 가득한 생각도 우르르 빠져나가면
붉은 피 같은 그리움만 남아서
낡은 심장을 겨우 뛰게 합니다.

미라처럼 속이 비었는데도
시신처럼 꼼짝할 수 없는데도

나는 아픈 심장의 피를 뽑아 흑암 같은 그대에게 써봅니다.
날이 새면 부치기도 전에 증발해 버릴 허무한 연서를
그러면 그대여, 편지의 행간마다 심방세동이 엄습합니다.

아픔은
오로지 아픈 자의 몫입니다.
아니 아픔은 저 아픔의 몫입니다.

회신 없는 그대 돌처럼 무심해도 삼천판을 우회하는 실혈
박동이
모스부호처럼 빈 우주를 점점이 떠다녀도 언약 같은 심정
지는
답신으로 알겠습니다. 마침내 도착한 그대 친전親展으로
알겠습니다.

아랫골에서

비 오자 증발하는 산길을 걸었습니다.
멧새들과 웃비*를 맞으면서

산 높고 골이 깊어
올려다보면 작은 잎새같이 외로운 하늘

그래서 우리는 사람을 믿었나 봅니다.
아파도 울어도 기필코 죽어도
잠시 서로의 체온을 의지하며
그렇게 오지의 고독을 견디며 살았나 봅니다.

무너진 집터에는
이끼가 진을 쳤군요.
비 맞아 생생하게 되살아나는 이끼
사람의 흔적은 오래전에 지워졌나 보군요.

먼지에서 먼지로
사람은 결국 먼지인가요.
훅 불면 날아가고 마는?

흙에서 흙으로
사람은 토기인가요.
세월에 녹아내려 황토가 되고 마는?

돌무덤 가득했던 서낭당의 폐허에서
신도 샤먼도 이제는 찾을 길 없습니다.

소리 없이 비 내려
푸른 숲에 부딪혀
계곡의 깊은 고요에 실금을 남기고 있었습니다.

* 우기는 가시지 않았으나 좍좍 내리다 잠시 그친 비.

아름답고 어둡고 아늑한 숲속[*]

시간이 흐르는지 몰랐지.

소문을 따라 사람들은 떠나가고

소문을 믿고 다시 몰려들기도 했지.

그런 세월을 산 사람들은 소란하고

조금은 바쁘고 더러는 피곤했지.

그러면 그들은 동면 같은 긴 잠을 자곤 했네.

금복주 나뒹구는 봉당에 엷게 퍼진 일산화탄소

몽당 빗자루 색 바랜 검정 고무신 닳아버린 정지문.

산정에서 내려온 적막이 좁은 고샅을 배회하고

복날이었을까? 박심재 넘어온 바람에 묻어나던 단고기[**] 냄새

동무들은 구육狗肉에 들떠 사라지고

나는 울컥 욕지기 일어 숲으로 도망갔지.

숲의 시간은 이끼 위에서 개운하게 흘렀고

정오의 그늘을 한 켜씩 들추면

자작나무 등걸에서 나비처럼 춤추던 적요寂寥.

정말 나비였을까?

아니 별빛이었을까?

아니면 꿈에서 들리던 목신牧神의 말씀이었을까?

우거진 양치식물 사이에 너도바람꽃 백운산 원추리

미역줄나무 큰꼭두서니 쥐오줌풀 숲을 이룬 톱풀 틈에서

나는 이끼처럼 고요하게 그늘처럼 포근하게 잠이 들었지.

잠 속에선 비가 내렸고 더러 햇살도 눈부셨지.

그렇게 종일 새순처럼 누워있어도 마을이 궁금하지는 않았네.

동무들의 소리가 들리지 않아도 궁금할 건 하나 없었어.

깊은 잠은 깊은 밤을 낳고 깊은 밤은 또 깊은 침묵을 낳고

저 깊음의 기품 위를 흐르는 의식의 경계에서

분열하는 행성과 항성의 타원 궤도들

무의식의 경계하는 초병의 새벽이 밝아오면

상실된 현실은 현시顯示의 커튼을 들추며

마천대를 천천히 스치다가

비 내리는 내 잠에 잠입해

나를 다듬질하다가 불쑥 사라지곤 했지.

* 로버트 프로스트의 시 「눈 오는 저녁 숲에 서서」에서
** 개고기

3부

물박달나무

죽어야 산다고
죽어라 살아내는 고원 살이

단디 살아라 단디 살아
바람결에 실려 오는 그대 목소리

그래 살아야지 살아내야지
이승 지나 저승, 저승 건너 이승
산 넘어 산, 바람 넘어 바람인 이 첩첩산중에서
살아야지 그래도 살아 봐야지.

언 땅 파고들어
은밀히 잔뿌리를 내리고
선탄부처럼 삶을 들이켜야지
후탄부처럼 희망을 들이켜야지.

그래. 기어코 살아봐야지
아리랑 아리랑 정선 아라리 한 가락 부르며
근근이 살아가는 산할매처럼.

죽어야 산다고
죽어라 살아내는 이 고원에서

폐농

감자 몇 가마
겨우 갈무리한 고구마 몇 가마
팔아서 월동비나 될까 싶은
청둥호박 몇 가마

배추 농사 망하고
고추 농사 이른 서리에 녹아내리고
농장에 놓아기르던 병아리마저
살쾡이 습격에 피 철갑 된 후

문마다 망치로 못질을 한다.
내외가 이고 지면 들것 하나 없는 세간
아직 지우지 못한 이 지독한 가난을
눈치 없이 삐져나오는 아이들의 온기를 모아
청설모도 곤줄박이도 눈치 못 채게 못질을 한다.
꿈꾸던 앙가슴에 매정하게 쾅쾅 못을 박는다.

산촌의 뒤란에서

병약한 그대 이제 약초꾼 되려나?

철없는 아이들은 신나서 산길 달리는데

폐농한 그대 아내 손 잡고 자식 앞세워

저 산맥에 오르려나? 신도 실종된 하늘에 오르려나?

겨우 마련한 농장 집에 말없이 쾅쾅 대못 박던 그대는?

얼음꽃

음지 길을 걸었습니다.
양지는 저만큼 멀리 빛나고
서낭당이랑 합수골 지나 봉우재까지
두꺼운 얼음 밤새 내린 눈
하얗게 얼어붙어 추운 계곡을 걸었습니다.

멧새가 따라오며 말을 거네요.
눈에 음각의 발자취를 새기며
비어있는 투방집* 군불로 녹이고
시래깃국에 감자밥이라도 먹으면서
그렇게 겨울은 나고 가라고 이르는군요.

돌아가야 할까요?
나를 잊은 나는 길도 잃었습니다.
눈이 너무 와서요. 날이 너무 추워서요.
그러면 다시 돌아서야 할까요?
어느새 멧새 발자국도 지워졌는데?
지나온 길 안보이고 나아갈 길 막막한데?

협곡에 갇힌 뒤 알았습니다.

사랑은 조금씩 어긋나기만 한다는 걸

싸릿대에 핀 얼음꽃 같다는 걸.

가질 수 없는 꽃 꺾을 수 없는 꽃

눈길로만 어루만져야 하는 꽃

마음에만 차곡차곡 담아야 하는 꽃

길 끊겨서 좋았습니다.

나를 잊고 살기 좋을 것 같아서요.

세상모르게 그대 품고 여기 살다가

마침내 흐르는 눈물이 되겠습니다.

서늘하게 홀로 선 빙벽이 되겠습니다.

저 혼자 찬란한 얼음꽃이 되겠습니다.

* 둥근 통나무를 우물틀 모양으로 쌓아 올린 집. 지역에 따라 귀틀집, 방틀집, 목채집 등 다양한 이름으로 불리나 태백산맥 산간의 오지에서는 투방집이라 했다,

할매집

방 하나
부엌 하나
시렁 하나
무거운 가마솥 하나

소개령疏開令* 듣고 받은 그 집 아까워
금쪽같은 손주들 두고 혼자 밥 짓고
혼자 씨 뿌리고 혼자 풀 뽑고 혼자
하루를 마무리하는 저녁에 울 할매
팥죽 할마시는 호랑이라도 찾아오지
너구리 굴 같은 방 삿자리**에 누우면
왜정 때 떠난 영감도 애장 지낸 핏덩이도
흩어져 보기 힘든 딸들도 병약한 외아들도
며느리도 다 부질없다. 생각하는 것이었는데
하 빌어먹을 놈의 눈물이 한 방울 흘러
핏줄이 허기처럼 끌리는 거라.

방 하나 부엌 하나 시렁 하나 검게 그을린 솥단지 하나

그리고 야야 조용히 부르며 돌아눕던 할매야 울 할매야.

* 1·21사태 이후 즉 김신조를 비롯한 124군 부대 31명이 청와
대를 습격해 박정희의 암살하려던 충격적인 사건 이후 정부는
백두대간 곳곳에 흩어져 살던 화전민에 대한 소개령을 내렸다.
1968년 초의 일이다. 그해 초겨울 울진, 삼척지구에도 124군
부대 소속의 무장공비 120명이 침투하는 사건이 있었고, 화전을
미처 못 떠난 주민들의 소개 및 이주도 가속화되었다.
** 갈대나 억새 등을 엮어서 만든 자리.

소한 풍경

영하 28도
처마 끝을 꼼꼼히 재단하는 고드름
눈보라 몰고 백운산 더듬어 내려오다가
얼어 터진 제 볼을 거울에 비춰 본다.

깊은 산 깊은 눈구덩이
보편적으로 가난한 오지의 삶을
외로운 결빙에 가두어 놓고
산판山坂* 길 따라 발구**를 끄는
황소의 등에 소복이 쌓이는 눈

얼어 죽을 듯한 소한 저녁
아버지는 방고래 깊숙이 군불 지피고
초가집 방바닥에 배 깔고 누운 너는
아무 걱정 없는 곤줄박이처럼
박목월의 동시를 소리 내어 읽곤 했다.

시가 밥이 되지 않는 걸

그때 눈치챘어야 했는데

영한사전은 멀찍한 윗목에 밀어두고

몸서리 나는 문학을 감히 곁눈질하다니

평생을 소한처럼 외롭게 살아가려는가.

화전민의 아들이여

가난한 신의 부제여

산맥의 한파가 가만히 물어보면

아버지는 문풍지 바른 문을 단단히 닫았고

어머니는 이불 덮고 읽으라고 웃으며 이르셨다.

* 나무를 베고 찍어 내는 일판
** 산간 지방에서 마소가 끌던 썰매를 발구라 한다. 길게 구부러
진 통나무 두 개 사이에 틀을 얹어 땔나무, 곡식 등의 물건을 실
었다.

출상

윗방에 누워
문상 없는 이틀 밤을 견디고
칠성판도 없이 관도 없이 꽃상여도 없이
가마니에 새끼줄로 묶여 광목에 덮인 출상

타관 설산 가파른 산비탈 죽어도 못 뜨고
방년芳年에 만나 꿈같이 헤진 남편 잠든 곳
멀고 먼 화장리 뒷산 하마도 보셨는지.

동짓달 삭풍에 겨우 녹은 산기슭
곡괭이로 겨우 파낸 당신의 차가운 쉼터
열 살 손주 머리와 허리에 두른 새끼줄
아이고 어매, 아들의 마른 눈물 보기나 하셨는지.

편안히 눕지 못하는 산비탈 음택
불안한 일생을 죽어서도 벗지 못하고
잠들었는지 얼어 버렸는지 그냥 그냥 버려진 건지.

78

속절없이 당신 떠나가신 고원의 삼동三冬 주검 기다린 듯 폭
설이 내려
소문도 삼엄하게 검문하고 계곡물은 얼부풀어 초가집 흙
마당 막아서
가난한 일가의 때늦은 애도마저 봉쇄했다.

협곡에서

협곡에 다녀왔습니다.
뒤를 좀 돌아보려고요.
다들 앞만 보고 살라고 해서
어울리지 않게 흉내를 내다가
병들어 세상이 외면하는 지경에서야
내가 원하는 내가 되어보려고요.
나조차 잊어 보려고요.

달빛 흘러 눈 밝아지고
물소리 맑아 귀 순해지는 밤
굴참나무 그늘 사이
아름드리 소나무 숲 사이
붉은 수수밭 검은 고랑 사이
빽빽한 옥수수밭 개꼬리* 사이
스머드는 달빛 빛나는 별빛

잘 왔다 반겨주는 반딧불이
이카로스나 에렌텔** 같은 저 반딧불이
인기척에 놀라서 뒤돌아보면
저만치 달그림자 안은 물결 위에서
오래 기다렸노라고 왜 이제야 왔냐고
당신은 하냥 산처럼 웃고만 계셨습니다.

나는 홀린 듯이
협곡을 따라 걷고 또 걸었습니다.
당신이 곁에 계신 것 같아 무섭지 않았습니다.
그러자 내 안에 조금씩 푸른 협곡이 쌓이더니
시공을 넘어서 마침내 내가 되어갔습니다.
깊이를 알 수 없는 협곡이 되어갔습니다.

* 강냉이의 수꽃이 피는 꽃이삭.
** 이카로스와 에렌텔은 지구에서 가장 먼 행성이다.

문구점 아재

까치가 그악스럽게 울던 날
친구 엄마의 절규가 허공을 맴돌았다.

화전 놓고 약초 캐던 아비의 아들
형에게 집과 전답 당연히 넘기고
막장에서 일가를 이룰 거니 걱정마소
맨몸으로 백운산 넘어 탄광에 들어간 이
간주받으면 놀기 좋아하던 여동생들
문주란 음반 사 주며 환히 웃던 다정한 이
가다오리*도 마다 않고 열심히 벌어
결혼하고 집 사고 문구점 차린 성실한 이
간드레** 키고 카바이드 냄새 맡으며 막장에 들어가서도
남진 나훈아 노래 갱 무너져라 부르며
탄진과 암석분진 따위는
돼지고기 한 점이면 씻겨 나간다며 장담하던 이
규산질 분진 따위는 끄떡없다며
진폐 걱정 늘어지는 미누라 도닥이넌 능직한 이

세월 잘 만났으면 김상진 만한 가수는 됐을 거라며

콩쿨 대회 나가 숱단지며 쇠스랑이며 챙겨 오던 재주 많던 이

항장^{***} 한 번은 하고 제천쯤 나가서 살아보겠다던 문구점 아재

내 친구 아버지는

발파에 날아갔는지

낙반에 묻혔는지

집에 영영 돌아오지 못하고

광산 굴 깊숙이 몸을 숨겼다.

처자식한테 너무도 미안해서

어느 날 말도 없이 숨어버렸다.

* 탄광에서 주휴일이 안 나서 같은 날 연달아 일하는 것을 말한다. 가령 병반 일을 하고 새벽 두 시경에 집에 왔다가 낮 4시에 다시 을반 출근하는 경우가 이에 해당한다. 일이 무척 고되다.
** 간드레(칸델라)는 카바이드를 원료로 하는 등으로 탄광에서 사용하던 안전등이다.
*** 항장은 몇 개의 막장을 거느린 갱 전체를 감독하는 사람을 말한다. 탄광촌에서는 갱을 일본식으로 항이라 칭했는데 이에 따라 갱장을 항장이라고 불렀다.

아버지 전 상서

함백산 정상
눈보라 세찬 이곳에서
저 멀리 칼바람 속에 희미한
가리왕산을 바라본다.

구름 디디면 지척
바람 타면 금방이라도 닿을 그곳에도
매섭게 기온은 영하로 얼어붙고
눈보라 쌩쌩 몰아치리라.

그리움은 이토록 고고한 것인가?
아니면 몸서리치게 시리고 추운 것인가?
아무리 애써도 살아선 버리지 못할 세상
툭하면 다 버리고 가리왕산에 들어가겠다던
당신의 고단한 집착을 이제는 조금 이해하겠는데.

숨을 세상 따위가 어디 있겠습니까?
눈 감으면 세상 따위는 없고
마음 한 번 먹으면
가리왕산은 어디에나 있는 것을
자식 먼저 죽고 영혼이 외롭던 아아 아버지, 아버지.

이 겨울 함백산 정상에서
당신께 보낼 편지 한 통 강설降雪을 붓 삼아 써 봅니다.
이 북극의 시간이 끝나면 봄처럼 녹아 버릴
가없고 덧없는 인간의 기호들을
눈보라 속 희미한 저 산으로 보내는 것입니다.

사랑

그리고 눈이 내렸다.

그대 잠시 보고 돌아서던 길
허리까지 흰 눈이 쌓여
익숙한 오솔길도 보이지 않았다.
명명冥冥하고 찬란한 눈밭 위로
길 없는 길만이 끝없이 펼쳐졌다.

그대여 당신은 설국에 갇혀 있고
나는 그런 당신을 떨쳐내지 못하고
이 절기를 천천히 되짚어가며
자작나무 숲 사이로 무람없이 떨어져
켜켜이 쌓이곤 하는 무수한 눈빛을 본다.

무심히 심장을 향하던 눈빛은
차가운 영하의 하루를 껴안고서
끝이 없을 것 같은 자작나무 숲으로
무슨 소리에 놀란 산짐승처럼 표표飄飄히 사라진다.

생각처럼 마구 떠올랐다가 두서없이 사라지는 눈발 속에서
나는 빤히 보이는 길조차 가늠하기 힘들어서 가늘게 실눈을
뜨고 가슴을 쓸어내리며 심장에 박힌 푸른 냉기를 그저 감
내하며
날 풀리기를 기다리는 멧새처럼 하염없이 눈의 고도를 헤
매었다.

파묘

삽 한 자루로
봉분을 연다.

흙더미를 파내면서
흙으로 돌아가라고 아담에게 말했던
이스라엘 신의 주술을 생각해 본다.

만약 신이 스키타이 출신이라면
너는 하늘에서 왔으니 독수리가 되어라.
드넓은 초원에서 왔으니 늑대가 되어라.
바람에서 왔으니 세상을 떠도는 바람이 되어라 말했을 텐데

땅에 묻혀
벌레의 집 되는 것보다
더러 독수리와 늑대의 영이 되거나
눈비에 씻기고 바람으로 떠도는 게 나을 텐데.

한 자루 곡괭이로
오래된 당신의 집을 허문다.

파내고 허물어도
없다. 여기 눈물로 묻혔던 사람
부드러운 흙 되었다. 마침내
아직 남은 두개골과 치아 사이에서 향긋한 흙이 자란다.

모든 걸 버리고 무無가 된 이
한 줌 흙으로 가볍고 향기롭다.

이렇게 몸 풀고 사라지기 위해
얼마나 많은 몸부림을 친 것이냐? 사람아.

기원에게

시간이 숱한 언어의 뒷골목에 스며들고
두런대던 불빛 지상에서 하나씩 사라질 때
변함없는 생각들이 바람 부는 가을 밤길을
차분히 되짚으며 돌아서 간다.

생의 뒤란에 뜬 저 달 명랑한 그대의 말들이
하늘에 걸어놓은 샤먼의 표상 같은 우리 빛나는 전설이
애써도 닿지 못할 한 간극間隙에 스며든다.

꿈꾸는 비현실의 삶들을 소리 없이 되뇌곤 하는
허망한 하루의 지친 발소리가 들린다.
그대의 눈동자가 수를 놓듯 허공에 머물다가
이제는 해독할 수 없는 고대 문명의 표음문자처럼
내 불면에 각인되어 원시의 깃발로 나부낀다.

돌아가자 아무런 죄 없이 정직한 원시의 숲으로.
아담도 좋고 이브도 좋고 나무도 좋고 새도 좋으니
원죄의 달콤함이 없는 동산처럼 우거진 말의 사원으로
돌아가자 우리 언어가 현화식물顯花植物로 피어나는 거리로.

숱한 언어가 시간이 직물에 스며들고
전능한 그대 주술의 눈빛으로 나를 넘어서
빙점의 해류를 따라 회귀 없는 출정을 하더라도.
우리 인연의 나날들 모래알처럼 흩어지더라도.

고백

어쩌다가
나는 그만
주말을 잃어버렸다.

이제 그대 눈에서
빛나는 문장을 더듬고 가늠하는
일을 더는 할 수 없게 되었기 때문이다.

실낙원의 두 사람처럼
어둠을 공상하는 소년처럼
스스로 주말이 되는 꿈을 꾸기 시작했다.

장산*에 눈이 오면 검은 절벽은 눈발을 바람이 스쳐 지나가는
산비탈로 몰아갔다. 산을 오르고 바다를 건너는 사람은 안다.
바람을 피하는 것이 등반과 항해를 쉽게 하는 길임을. 하여
장산의 절벽은 바람과 마주 보며 그 예봉을 몸의 한 부분에
기꺼이 맞이하는 것. 하얗게 눈을 맞으며.

나는 가만히 서서 오랫동안 진심으로 읽었던 그대 마음의
행간과 행간을 장산 정상에서 순경산 매봉산 백운산 가매봉
어평재 수리봉 치랭이골을 발끝으로 더듬듯 성실하게 다시
읽으면서 아주 오래전 그대의 언어를 타고 온 작고 여린
물푸레나무가 내 안에 이식된 것을 그 나무가 그대 쪽으로만
자라나는 것을 바라보곤 했다.

* 강원특별자치도 영월군 상동읍에 있는 해발 1408m의 산이다.

귀거래사歸去來辭

오래 걸렸습니다.
여기 다시 서기까지.

마천봉에 부는 바람이
하늘을 청옥으로 갈아 놓았네요.
굽어보면 저기는 우리 옛 농장 터
강원랜드 시설이 성처럼 들어섰지만
산사태로 절반이 잘린 옛집이
눈물 속에서 아른아른 살아나는군요.
반세기를 돌아온 나는 옛날 사람
오랜 추억을 품고 물한리 골을 내려다보았네요.
새비재로 우우 달려 나아가는 바람을 보았네요.
너무 먼 길을 더듬어 와서일까요? 신기루처럼
추억 속 고원의 삶들이 바람에 흩어지네요.

밤이 오네요.
옛날처럼 여전히.

달밤은 깊고 푸른 이야기를

바람에 실어 산맥으로 흘려보냅니다.

솔향기 가득한 이야기를 검은 탄전의 언어를

돌아보면 지하에도 지상에도 공중 어디에도

검은 쇳소리는 광부의 노래는 들리지 않는군요.

그들이 밝히던 고원의 밤을 카지노 불빛이 지키는군요.

시간을 건너온 나는 망각을 딛고 서서 생각합니다.

아비를 기다리며 굴 앞을 지키던 아이들을

남편의 귀가를 기다리며 밥 짓던 아내들을

수많은 아버지와 어머니 그리고 형제들을

잊고 살던 사람의 체온이 서럽게 그리운 밤입니다.

나는 아직 살아있습니다.

폐광처럼

그냥 존재합니다.

백석의 시[*]를 생각하며

어떤 이는 죽어 천국에 간다 하고
어떤 이는 죽어 지옥에 간다 하고
나는 그냥 죽어서 자연 된다 믿었는데
나의 아가씨여 그대 생각이 궁금하네.

한때 나는 천국을 믿었다가 배교했고
지옥을 원했다가 외면하고 도망쳐서
그냥저냥 죽은 뒤 곱게 썩어 문드러져서
한 그루 나무나 한 줄기 바람이 되면 좋겠다 싶었는데

이제는 아니다 그대여
나는 죽어 다시 사는 환생이라는 걸 하고 싶네.
산 깊고 골 깊은 태백 지지리골 자작나무 숲에
굴피지붕 움막 짓고 멧돼지 잡는 사냥꾼이 되고 싶네.

토끼길 따라 산토끼 쫓고

노루길 따라 산노루 쫓으며

함백산이든 백운산이든 화절령이든 두위봉이든

종일 설치고 다녀도 좋기만 하겠네. 그대가 있다면.

나의 아가씨여 내 환생이 그대와 함께라면

밤이면 별 같은 이야기로 서로의 곁을 지키고

낮이면 햇살 정겨운 툇마루에 누워서

한 쌍의 구국새** 처럼 무위無爲를 노래할 수 있다면

오 그대가 가난한 나의 나타샤가 된다면

아득하고 싱싱한 나의 사랑이 깊어져서

지지리골 자작나무 숲에 북극 같은 폭설이 와도

세상 같은 건 더러워서 버릴 수 있겠네. 나의 아가씨여.

우리의 이야기로 긴긴밤 짧아진다면

응앙응앙 우는 흰 당나귀쯤이야 없어도 그만이지.

네가 나의 너라면 맑은 샘물 한잔으로도 충분하지.

나의 아가씨여. 영원한 나의 나타샤여.

* 「나와 나타샤와 흰 당나귀」
** 구국구국하며 울어 촌사람들은 구국새라 불렀는데 원래 이름
인 멧비둘기보다 구국새가 더 정겹게 들린다.

통증

고통을 부인할 수는 없다.
—게오르크 뷔히너

어쩌다가 나는 통증의 몸이 되었다.
고통은 비밀스럽게 생겨서 몸 안에
미궁迷宮을 만들었다.

처음엔 누구도 눈치채지 못했다.
녀석은 숨어서 신경을 살살 건드려보고
세포 이곳저곳을 찔러보고 간 보면서
아무런 흔적도 안 남기고 잠행潛行을 하다가
세포 전체를 고통으로 변환시켰다.

나는 통증을 즐기는 마조히스트처럼
신경과 골수를 파고드는 이 고통의 바다에서
견딜만한데? 견딜만한걸?
끓는 물속의 개구리처럼
무서운 통증에 기꺼이 몸을 맡겼다.

아픔만큼 확실한 실존이 있는가.
생생한 느낌을 체감하는 은밀한 고문
죽어가는 몸을 보며 삶이 선명히 보이는
서글픈 아이러니.

신경차단술을 받고 나서
교감신경 다발을 죽이고 나서
긴 시간 몸을 괴롭히던 멍에를 벗고
잠시 숨 돌리고 잠을 청하면서
알 수 없는 고통만큼 고통스러운 것이 있는가?*
물었던 박찬일 선생님이 너무나 보고 싶어졌다.

건강을 연기하기가 힘들다.
그래 부인하지 않겠다. 내 피의 DNA는 고통이다.

* 박찬일의 시 「알 수 없는 고통」에서.

4부

서시
— 운탄고도* 1

옥동천이나 동강이 한 줄기 빛으로 흐르고
돌아서면 함백은 지척이라 흰 구름 속에도 분별되었다.
윙윙 우는 소리개차 고원을 내달리는 검은 트럭들
삶처럼 가파른 산 어깨 부여잡고 가고 또 가던 운탄고도.

새가 운다.
고원의 아이처럼 깡마른
이름도 없는 새가 운다.
산맥 너머 빛나는 물길을 바라보면서

아침이면 검은 산천을 밝히는 푸른 연기
번지는 산안개 번지는 백운산의 흰 구름
천국의 후사처럼 저 막장의 어둠을 밝히고
무저갱으로 들어가는 참나무 같은 사내들의 입김

새가 운다.

검은 산에 허리를 심고

고비, 고사리 꺾는 여인의 눈 속에서

새가 운다. 이름도 없는 새가 운다.

깊은 밤을 가르며 헤드라이트가 달린다. 불빛은

산림을 뚫고 나뭇가지의 음영을 허공에 새기며

누옥 문틈 사이에서 바라보던 소년의 눈에 부딪혀

순수한 빛의 말들을 검은 하늘로 쏘아 보내곤 했다.

* 운탄고도運炭古道는 석탄을 실어 나르던 옛길이다. 지금은 '구름
이 양탄자처럼 펼쳐져 있는 고원의 길'을 의미하는 운탄고도雲坦
高道로도 불린다. 운탄고도는 만항재(1330m), 백운산(1426m),
화절령(960m), 두위봉(1466m) 등 평균 해발 1100m에 이르는
고산준령의 속살을 관통한다. 원래 이 길의 주인공은 석탄이었
다. 1950년대 산업의 동력이자 국민의 필수 연료인 석탄 운반로
는 1957년 개통한 함백선 철도가 유일했다. 당시 국토건설단이
1960년부터 1980년까지 산길을 뚫어 운탄도로를 만들어 석탄
을 역까지 실어 날랐다. 이후 석탄산업합리화 정책으로 잊혔던
이 운탄로는 2000년대 초 폐광지역 활성화를 위해 들어선 하이
원 리조트와 조우해 10여 개 코스의 하늘길이 되었다.

함백산
—운탄고도 2

스스로를 유폐시킨 칼바람은
제 분이나 한을 산정에 부리고
새벽을 달려온 동해의 햇살을
저 월광의 예도로 공교히 찔러
푸른 예지의 날 사방에 뿌리고
소문이나 기억의 세포를 해체하며
밝아오는 하루를 표표히 맞이한다.

일찍이 카오스를 감당하면서도
식물성의 탄화를 깊고 어두운 침강沈降에 가두고
백두를 따르면서도 스스로 완전한 세계인 함백산은
속살을 수십 년 파헤친 갱도를 용납하고
초연한 마음으로 탄좌炭座의 흥망과 영욕
영원의 사람 그 소멸을 거부하는 몸부림조차
백운의 구름인 듯 함백의 계곡인 듯 품에 안고
가야 할 길을 기꺼이 가는 인자人子의 징표를
연봉에 잇닿은 하늘의 면에 새겼다.

고도孤島와 같은 삶들이
어둠을 밝히며 정상을 오르는 가루눈처럼
능골을 스쳐 스스로 평장平葬이 되고
고단하고 투명한 가난의 증거가
우주를 헤집어 일으키는 시간.

어쩌자고 사람이 된 우리는
어쩌자고 언어를 배운 우리는
천 년을 살아도 산의 마음을 노래할 수나 있을지?

불신의 기도로 밝히던 신산한 삶은
치기의 예봉을 꺾고 막장의 흔적을 지우며
경계하는 산맥의 날 선 빗장을 무너뜨린다.

인환을 아는 고두배叩頭拜*의 머리
높은 신갈나무에 사선으로 걸어두고
바람을 겨우 지탱하는 파편의 밤이
예감처럼 이 추운 산정에 스며든다.

* 머리를 땅에 닿도록 조아려 절하는 예법이다. 자신의 몸을 낮추고 상대를 높이는 행위이다.

검은 비, 검은 눈, 흰 산
—운탄고도 3

*

여기는 고한
9광구 혹은 11광구

눈물은 검다.
저기 길게 사선을 그으며
때론 크게 휘어져 활시위 같은 비
운탄고도에 기대고 사는 생명을
연단鍊鍛하는 속수무책인 신의 양심.

*

영하 27도
폐부를 찌르는 풍경 속으로
달려오고 있다.
수직갱도에서 빛나던 광부의 눈!
자유낙하 끝에 검은 고원을 만나
몇 배는 더 검게 물들며

꾸역꾸역 산맥을 오르던 검은 눈
안전화 뒤축에 덕지덕지 엉겨 붙은 생활고
막장에 눈 익은 자의 지독한 착시인가?

*

차가 빌빌 미끄러지던 능선도
멀리서 보면 온통 희디흰 절벽
굴참나무 숲이나 물푸레나무 숲 자작나무 숲 할 것 없이
무자비하게 덮어버린 흰 눈
흰 산 검은 길 타고 오르고
검은 길 흰 산맥 타고 넘어가는
석탄 트럭의 무모한 전진.

너를 향한 길이다.
아가, 너를 향해 가고 있다.

액셀도 브레이크도 마음대로 밟지 못하는

이 위태로운 운탄運炭의 길이 끝나면
도토리묵이라도 먹을까?
감자밥 강냉이밥에 탁주라도 마실까?

따뜻한 아랫목에 짐짝처럼 쓰러지면
너는 꽁꽁 언 내 다리 한 번만 밟아 주렴.
아가 내 아가.

두위봉
—운탄고도 4

산 넘어 산 숲 건너 숲*
바람의 산록 겨우 지나면
저리 또 광막廣漠한 바람 넘어가는 바람

흰빛과 검은빛의 경계에 하늘은 깊어
아무것도 보이지 않았네
아무것도 들리지 않았네.

흰 눈이 낙엽송 사이를 고르고
혹한이 당신 콧등을 쪼개듯 내리치면
설피를 신고 오르던 아아 두위봉, 두위봉!
산정에 서서 아무리 돌아봐도 산 넘어 산 숲 건너 숲.

검은 길과 흰 길이 기호처럼 모호한 운탄고도
선과 악은 우리가 알 수 없는 지경에나 있는지
살아갈 길 아득해 산사람 된 화전민의 움막에서
당신은 중립의 손을 녹이고 잊었던 세상의 말을 나눴네.

110

가끔 계시처럼 산허리를 감도는 불안한 불빛

들리지 않으나 존재하는 모든 것의 흔적

고원의 밤을 긁는 빛에 반사된 하늘

선악의 경계도 없이 깊기만 했던 아버지의 심연

* 신대철의 시 「높은 강 2」에서 變容.

백운산
—운탄고도 5

추억

혹한의 시간은
눈 속에 깃들어 있는 북국北國의 햇살을 찾는다.
무연탄 한 장을 희망처럼 밀어 넣은 아랫목
동면에 든 동물처럼 오래도록 웅크린 우리는
끝없는 기원을 태워 설원의 심장을 녹이며
어딘가에 있을 것 같은 소박한 안식을 오래도록 그렸다.

이주

마천대를 흐르던 흰 구름
탄전 거슬러 산정 오르던 검은 바람
백운산 넘으면 기적처럼 푸르러지는
바람의 경계 넘어 표식도 없는 이 지경에
쇠박새 무리처럼 찾아든 불안한 우리
낡은 신발 지쳐 잠든 댓돌 위에
무너질 듯 내려앉던 산 그림자.

죽음

싸락눈 되어
언 땅 파고드는 저 주검
추위에 떠는 것은 생명뿐
맥박을 잊은 당신은 땅속에서 편안하고
겨울잠 주무시나요?
봄 되어 참꽃 피면 움 돋나요?
싹 틔우나요?
갈건葛巾으로 동여맨 뇌수 속에서
한파처럼 몰아치던 실문은
사토捨土로 묻히고.

다시, 백운산

밤이 온다. 고원을 떠나도 삶은 늘 가파른 고원高原. 절절
한 그 고독 위에 산이 솟는다. 구름의 고향, 백운산에 올

113

라서야 마침내 잊힌 당신을 본다. 구름 속으로 밤의 고요
가 무명의 이장移葬을 시작한다.

가공삭도[*]
―운탄고도 6

긴 여름이 끝나고 있었다.

종일 걸어 닿은 아버지의 자취방
연탄재와 탄가루가 포자처럼 쌓인
산 중턱 읍내가 내려다보이는 방
들어서자 훅 풍겨오는 아버지 냄새
이 땅을 유리하는 어른의 고독한 냄새
석유풍로가 놓인 윗목 입 짧은 그분이
드시다 남긴 밥 반 공기 쉰 김치
한 종지 헌 신문지 위 핏빛 글씨
큰딸 생일 몇 년 몇 월 몇 일 큰놈
생일 몇 년 몇 월 몇 일 작은 놈……
자식들 생각이 날 때 써 내려갔을
낙서 같은 불면의 마음을 엿보다가
열린 방문으로 문득 바라본 객지의 밤
낯선 하늘을 가르던 가공삭도架空索道
시지프스의 형벌처럼 끝없이 오르내리던

아버지는 그것을 소리개차라 불렀지만

어쩌면 그것은 불안한 당신의 삶

철선 하나에 몸을 묶고 석탄을 가득 담고

혹은 빈 버킷으로 낑낑 허공을 오가는 것에

거짓말처럼 어른대던 고단하고 여윈 당신의 얼굴.

유년의 동화가 끝나가고 있었다.

* 산악 지대에서 험준한 지형으로 인해 도로의 개통이 어려울 때
운반수단으로 지주탑을 설치한 뒤 케이블 선로를 만들고 버킷을
매달아 석탄을 운반하던 설비이다. 고원지대 사람들은 이를 소
리개차로 부르기도 했다.

하루
—운탄고도 7

해 뜨면
동발* 닮은 그대들이
무저갱**과 같은 검은 입으로 들어간다.

스스로 택한 막다른 이 길
처자식 얼굴이 막장까지 따라와
카바이드 등 아래 일렁인다.

착암기 소리가 지축을 흔든다. 갱차가 미끄러지는 레일에
튀는 불꽃
지열을 품은 작업모 사이로 흰 땀이 흐른다. 한사코 달라
붙는 분진
여기는 지하 1000미터 탄가루 위에 뿌려지는 물줄기 물
줄기 물줄기
당신은 굴진부 당신은 채탄부 당신은 사끼야마 당신은 아
다무끼***
압축기가 비명을 지른다. 권양기가 안간힘을 쓴다. 송풍

기가 한숨을 쉰다.

그 사이로 흐르던 당신의 비명 당신의 안간힘 당신의 한 숨들이

석탄과 함께 갱차坑車에 실려 몸보다 빨리 갱도를 벗어난다.

해 지면

장승같은 사내들이

침출수처럼 인조동굴을 빠져나온다.

당신은 열아홉 혹은 쉰다섯

오늘도 살아 나왔다. 오늘도 집에 간다.

아아 월급봉투 손에 들고 내일을 향해 간다.

* 광산이나 탄광, 토목 공사를 위해 땅속에 뚫어 놓은 길이 무너 지지 않도록 받치는 기둥이다. 동발.
** 악마가 벌을 받아 한번 떨어지게 되면 영원히 나오지 못한다 는 밑 닿은 데가 없는 구렁텅이로 지하 세계나 지옥 따위로 연결 되는 곳을 말한다.
*** 굴진부는 석탄이 매장 된 곳까지 갱도를 만들고 채탄부는 석 탄을 캐있다. 보통 4~5명이 1개 조로 작업을 했다. 소상을 선산 부라고 불렀는데 일본식으로 사끼야마라고 했고 석탄을 캐는 조 원은 후산부라 불렀는데 일본식으로 아다무끼라 했다.

118

수해
—운탄고도 8

검은 물 흐르다가 구정물 흐르다가
맑은 시냇물이 요란하게 흘렀다.

검은 무기분진으로 이빨만 허연 우리는
밤하늘 별 같은 눈동자의 우리는 사랑하는
모든 것들을 폭우 속에 두고서 **다녀오세요**
다섯 음절을 복음처럼 심비心碑에 새기며
심연의 지열로 자신을 밀어 넣었다,

그래 누구나 그랬다.
약속 따위는 없어도 좋았다.
다녀오셨어요? 반가운 음절마다 실린 온기와
아아 밥 짓는 소리 대구국 끓는 소리
검은 옷 입은 남루한 우리는 그렇게
막장의 땅에서도 천국을 보며 살았다.

우리는 우리 힘으로 생명을 낳고
생명을 기르고 받들어 세상 밝히는 빛을 만들 참이었다.

맑은 물이 흘렀다. 점점 흐려지다가 잿빛으로
흙빛으로 흐르다 다시 변하여 검게 흐르는 물줄기.

우기에 휘말린 우리와
아들딸들의 모습이 심연에 스며
더운 막장을 가득 채운다.
보라. 저 빛나는 어두움
귀가하지 못하고 시시각각 검은 우리는
심연에서 핏줄을 만나 그제야 안식에 든다.
보라 환영과 함께 소멸하는 몸을.

바깥은 여전히 우기, 갱도는 폐색閉塞되었다.

진폐 병동
—운탄고도 9

하루는 견뎌야 할 통증
새벽을 일깨우는 검은 풍경 위로
바람처럼 떠돌던 은밀한 고뇌를
수직갱도 그 끝 모를 심연에 던지며
막장의 세월을 인내한 일족一族의 기원을 담아
무연탄의 연소열로 녹아내리던 고도古道의 사람.

폐포肺胞에 쌓인 불안한 임계를
이름 없는 사람을 지탱하던 검탄실에 가두고
익명의 혈서로 써 나가던 탄전의 이면을
담담한 몰락으로 지워버린 당신은
존재했던 흔적들의 뒤를 밟으며
살아온 일생을 스스로 소명할 수밖에 없다.

폐허로 남은 구조가 시대처럼 녹슬어도
기운 몸 용케 지탱하는 상부지관相傳之官*
가쁘게 숨 쉬며 절룩이며

삶은 암흑의 이 거리를 떠나
이름 모를 어느 곳에서 방황하는 것인지.

고원의 반딧불이 같은 시간은
무기분진처럼 가슴에 착 달라붙어 호흡을 옥죄고
떠나간 자 있으나 다시 돌아올 자 없는
이 유배의 병동에 감금된 꿈을
흐린 시선으로 느리게 장전하고
무심한 하늘을 향해 질끈 방아쇠를 당긴다.

* 폐의 다른 이름이다.

새비재길
—운탄고도 10

새비재길은 구름 길 피땀으로 넘던 운탄길
우리는 세찬 바람 부는 이 길에 불을 놓고
검은 재를 후벼 파서 밭을 일구고 울울창창
낙엽송으로 집을 지었다.

너구리 굴 같은 거처에 바람이 불면
우리는 박달나무 정지* 문을 열어 놓고
바람을 맞이하곤 했다.

보아라! 저 바람의 결
누군가는 바람이 안 보인다지만
그건 바람 찬 새비재길을 몰라서 하는 소리
고원을 양단하며 부는 바람은
날카로운 자신의 결로 백운산을 키우고 매봉산을 키우고
두위봉을 깎아 지른 저 천심 절벽을 키우고
또 바람은 품 안의 비수로 함백산과 금대봉을 키우고
깊은 골짜기들을 세심하게 돋을새김으로 키웠다.

새비재 배추는 바람으로 자라났고
화전민의 자식들은 바람의 결을 따라
당당하게 극점을 향하는 침엽수림처럼
자유롭게 쑥새나 쇠기러기처럼
폭설을 신앙으로 여기며 그렇게 자라났다.

눈보라 치는 새비재에 서면
부란** 같은 바람이 무슨 다마스커스의 도검처럼
그 희고 서슬 푸른 결을 단단히 세워 흰 구름을 일거에 가
르고
산맥을 단숨에 일렁이는 파도로 만들어
운탄의 길을 물샐틈없이 옹립하는 것을 볼 수 있다.

후조候鳥***처럼,
우리는 냉골의 시절을 부둥켜안고 살았는데
어느 바람에 휩쓸렸는지 어느 날 선 검에 절명했는지
텅 빈 새비재에 난 길들을 팽팽히 딩기는 저 바람 소리

124

눈 있는 자는 볼지어다. 저 새비재에 부는 바람의

명백한 결절을.

* 부엌을 이르는 말로 강원도 경상도 전라도 지역의 방언이다.
** 눈보라를 동반한 차갑고 강한 바람을 말한다.
*** 철새를 말한다. 텃새는 유조留鳥라 한다.

심연에서
—운탄고도 11

아가야
여기는 깊은 밤
내 피와 땀으로 너를 쓴다.

이 굴혈窟穴을 벗어나도 검은 숲이다.
설화처럼 유전되는 광기의 삶은 진화를
거식증으로 채워 조금도 나아지지 않았다.
어두운 숲 제한된 시야 너를 향한 길은
영혼으로만 보이고 나는 심연의 질곡을
깊은 뼛골에 새기며 전생과 같은 곳에서
극광의 분열이나 산맥의 경계를 넘으며
상상을 억압하는 이성의 결절을 품에 안고
비헤르트 구덴베르크 불연속면*보다 뜨거운
심장의 열기를 온몸에 난 이 화인을
아무도 모르게 감추고 심연에 침잠한다.
속이 보이는 심연으로**.

내 아가야

어둠 속에서도 빛나는 네 눈빛을 향해

탐지되지 않는 미래의 언어를 띄워 보낸다.

* 구텐베르크면 혹은 구텐베르크 불연속면은 맨틀과 외핵의 경
계면을 말한다.
** 최하림의 시 「속이 보이는 심연으로」에서

수갱탑
—운탄고도 12

수직갱도 앞에 서면
페름기의 바람이 휙 지나가지
지하 800미터에 묻혀
압살된 멸종의 순간이
허기처럼 밀려드는 공포를 딛고

우리는 진화의 돌연변이
두 발 달린 무모의 두더지였을까?
어두운 수직갱도와 수평갱도 사이
만근을 찍어도 넘기 힘든 가난을
해수면 아래에 파묻고
숨 막히는 탄전에서
2억 8천만 년 전 별빛을 찾는

어둠 속에서 골수를 연마하는 소리
핏줄을 쿵쿵 울리는 아이들 소리

벨트 컨베이어 소리
외면할 길 없는 어머니 울음소리
권양기 소리
사람의 아들이었던 당신을 부르는 소리
47미터 수갱탑이
지하 800미터를 인양하는 소리
검은 전사들이 힘겹게 내뱉는
진폐 규폐의 한숨 소리

검은 땀 검은 피
뜨겁게 흘려보낸
투명한 눈물에 비치는
'우리는 가정을 사랑하고
나라를 사랑하고
그 속에
직장을 사랑한다.'

이것은 인환의 도리를 말하는 엄숙한 주문
가장의 책임을 인질로 가두고
서럽게 외로웠을 수직갱탑의 힘겨운 판결.

물한리
—운탄고도 13

비 오거나 바람 불거나
한겨울 빙설이 한길이나 쌓여도
당신은 밭을 일구고 산을 뜯고
눈밭을 더듬어 세상을 엿볼 길을 내었다.

깊은 골 더듬어 높은 산정에 오르면
은하수로 빛나던 고한의 불빛에 박혀있던 검은 눈동자
긴 밤 더디게 가고 모든 빛이 풍경 속으로 사라지고 나서
잠시 수잠*이나 자는 가난한 아내들의 근심 같았던.

어디로 가나요? 바람몰이 골에서 단숨에 올라온 한기에
샘물조차 얼어 버리던 물한리를 한 짐 세간 등에 지고 철부지 손 잡고
떠나던 당신 어디에 있나요? 투방집 툇마루에 앉아 장화를 털거나
삶처럼 높이 쌓인 눈을 넉가래로 밀어 지상에 신의 표식을 새기던 이.

비 오거나 바람 불거나

일용할 양식처럼 정성스럽던 당신의 번제燔祭

당신은 나를 일구고 영혼을 일깨우고

폭설에 유폐된 삶을 더듬어 세상 엿볼 길을 내었다.

* 깊이 들지 못하고 얕게 자는 잠 또는 잠시 눈을 붙였다가 가는
잠을 말한다.

먼 산으로
—운탄고도 14

시간이 얼마나 쌓였는지
산을 걸어 보면 알 수 있지.
길 없는 짐승의 서식지를
숨 고르며 걷다 보면 어느새
산은 사람의 품에 가득 스며들고
길 없는 길 위에 도반道伴도 없이
스스로 의지하고 자신을 일으키며
걷고 또 걷는 두 발이 있음에 안도하며.

그래 사랑이나 우정은 나약한 자의 양식
마음에 무언가를 담아 본 적 없는 사람은
오늘도 그냥 걸어서 먼 산으로 더 먼 산으로
기다려 줄 사람 하나 없지만
싸리꽃을 보며 바위너설을 오르며
삶처럼 위태로운 절벽 위를 걸어서
청설모를 보며 멧돼지를 보며 찬샘 지나
민골 지나 구름인 듯 바람인 듯

형체조차 모를 죽음인 듯 삶인 듯
그 비슷한 무엇을 기대조차 않지만
산에 숨어들어 산에 기대어 산 사람
먼 산으로 더 먼 산으로 나아가는 것.

지층을 뚫고
산의 골수를 파헤쳐서
해수면 아래 대륙붕 저 아래
투라치나 산갈치 같은 심해어의 숨결을 듣는
광부처럼 곤고困苦한 사내는 못 되는 그대는
먼 산으로 깊고 더 먼 산으로 쓸쓸히 나아가
찬란한 무명의 숲이 되는 것이다.
마침내 제 신명에 빛나는 산천이 되는 것이다.

철암에서
─운탄고도 15

이른 저녁으로 먹은 감자가 소화되기 전
성급한 하루는 석탄산 능선을 미끄러지고
시간은 점점 무연탄처럼 검어진다.

원시의 혼돈 같은 공간을 지난 그대는
불 밝힌 갱도 입구에서 심연처럼 깊은
미로의 연옥으로 시선을 옮긴다.
고사리인가? 양치식물 음각으로 새겨진 지층을 지나
삼엽충인가? 고대 생물의 화석을 발로 차며
다다른 고독만 숨 쉬는 어두운 막장
스스로 짊어지고 견뎌온 수많은 순간을
곡괭이로 내려치고 오삽으로 퍼담으며 그대는
말 한마디 못하고 떠나간 사람을 생각하거나
뜬눈으로 또 한밤 밝히고 있을 한 사람을
흘러내리는 땀방울로 불러내 애무하며
지옥의 노동을 견뎌내는 것이다.

작업화가 헐도록 일해도 막장에 떨어진 삶 한 조각 채굴
하지 못하고
무연탄같이 검어진 그대 갱목에 앉아 분진을 마시다 죽음
과 맞교대로
출갱出坑하는 밤, 고원의 안개가 을반에 묶인 그대를 구름
위로 날린다.

유토피아
―운탄고도 16

한 해를 망쳤다.
병든 몸 달래다 보니 벌써 상강
된서리 내린 고원의 고추밭은 음지다.

고추는 서리에 녹아내렸고
밤새 얼음 품고 떨던 이파리
산 위에 해 뜨니 몸 풀고 늘어졌다.

당신의 눈물은 서리서리 스러지고
당신의 발길은 밭고랑만 서성인다.

고원을 울리는 초겨울
고추 팔아 학교 보내주마
살얼음 낀 산비탈 밭고랑에 버려진 약속
비명의 시간은 당신의 무릎을 꺾고
사주팔자는 첩첩산중까지 따라와

비겁하게 자식 목에 비수를 들이대며
항복하라 할복割腹하라 소릴 지른다.

평생을 키운 것이 가난뿐이던가.
입안에서만 맴도는 가녀린 항명이
일산화탄소처럼 숨통을 옥죄던 상강 무렵.
막장 닮은 삶이 또 그렇게 무너졌다.

노가리
―운탄고도 17

숲을 흐르는 오솔길엔
사람의 흔적 덮은 저 발자국
산새와 다람쥐들 청설모와 산돼지들
산에 살다 산 되어 영원할 이름 모를 꽃들.

평양에서 삼팔선 넘어 숨어든 노가리에 집에도
분주하고 소란스러운 산새 발자국 밤새 다녀간 노루 발자국
아들 잡으러 온 경찰 흔적 지우고 속 썩이는 아들 흔적 지우고
산 독수리 한 마리 구름 같은 정적을 쏜살같이 지운다.

노가리 넘으면 버들치 버들치 넘으면 화절치
등피마저 시린 백운산 넘어 함백산 숨 가쁜 태백산 깜깜
한 고원의 능선들
세상 피해 사람 피해 산골로 들어왔지만 결국 막장 같은
백운산
노가리 은둔자의 세상은 합리적으로 닫아버린 갱도처럼
불합리했다.

첩첩의 산 오르면 더 푸른 산의 물결

부평초로 흘러든 사람들 하나, 둘 지워가고

노가리에 숨어든 사람 숲 되어 스러져도

여전히 분주한 산새와 다람쥐들 청설모와 산돼지들.

산중 한담山中 閑談
—운탄고도 18

사랑을 위해 목숨을 걸었던 사내는
탁주로 목 축이며 눈물만 흘렸다,

삼팔따라지로 이남에 온 사내는
이북에 두고 온 아내와 세 딸을 못 잊고
긴 불면의 밤을 태워 원양어선 갑판을 밝혔다.

하선 때 만난 고향 처녀가
따스한 온기로 빈 가슴 채운 후에는
적도의 바다를 떠난 대신
해수면보다 525미터나 낮은 심연을 기꺼이 품었다.

다시 아비가 된 사내는
사리원에 살 둘째 딸 눈매 닮은 아들을 업은
어린 각시 어깨를 투박하게 한 번 감싸 안고는
좁은 지하로 들어가 꿈을 캤고
한이나 눈물은 1125미터 심도의 연옥에 묻었다.

체감온도 40도 평균 습도 83퍼센트
적도의 바람은 막장의 심해까지 불어오지 않았다.

수직갱도를 내려가면서 월남하던 날을 생각했다.
수평갱도를 파내면서 남쪽 아들과 북쪽 딸들이 만나는 꿈
을 꿨다.
갱도를 나서면서 남북의 고운 아내가 손 맞잡고 우는 상
상을 했다.

허연 이빨로 갱도를 나서던 사내여.
검은 눈물 검은 땀 흘리면서도
식구들 앞에서는 웃기만 하던 무던한 사내여.

이제 탄광은 문을 닫고
여기는 카지노 여기는 스키장 여기는 호텔 여기는 콘도

그대 어린 각시는 어디?
둘째 딸 닮은 아들은 어디?
사리원 고향 땅은 어디?
세 딸과 북녘의 아내는 어디?

혼자 사는 집이 싫어 자주 찾는 술집
유독가스도 폭발사고도 이겨냈는데
진폐증이 호흡부전이 기억마저 앗아 간다며
갈고리 같은 손으로 나그네 소매 쥐어뜯던 늙은 사내여.

이제는 고향이 보이는가?
사랑하는 이들 당신을 기다리며
오라고 이제는 와도 된다고 손짓하는가?
북풍은 여전히 그대를 기억하는가?

복사꽃
─운탄고도 19

온통 그대 숨결이다.

청설모 달음질치는 복숭아꽃 그늘을 향해서
조용히 불러 보는 검은 그대 이름 이름이여.
80년 4월˚, 검은 봄을 밝히고 일어선 불꽃같은 사람이여.

그대는 어김없이 지친 영혼의 음지를 밝혀
당신의 숨결로 삶의 순간들을 채색하니
온통 선홍빛이다. 이 봄 온통 그대 숨결이다.

바람이 분다. 고대의 주술 같은
축문의 시간이 일렁인다. 검은
대지를 딛고 일어선 뿌리들이
산맥의 신경망을 조용히 들어
접신接神을 한다. 깊은 땅속 숨
들이키고 세계를 열고 하늘을
연다. 특명이다. 그대여, 이 봄

환하게 핀 네 아름다움은 신의

엄숙한 명령이다. 피어라 복사꽃!

* 80년 4월 21일부터 24일에 걸쳐서 일어난 사북읍 동원탄좌
광부들의 총파업 사건. 80년 노동 민주화 운동의 시작을 알린
중요한 사건으로 어용노조위원장의 사퇴를 요구하며 벌인 투쟁
이다. 전두환의 합수부는 광부와 주민 200여 명을 연행해 가혹
수사를 한 뒤 31명을 기소하고 50명을 불구속기소해 군법회의
에 송치했다. 탄좌의 노동자와 주민 등 6000여 명이 벌인 이 시
위는 생존권을 사수하고 노동삼권을 보장받기 위한 것이었으나
신군부는 이를 가혹하게 진압하고 처벌한 것이다.

해발 1330미터
—운탄고도 20

만항재 혹은 늦은목이재
꽃 천지 눈의 왕국 바람의 나라

화전민 몇 가구 살았다던데
나무 다 베어내고 산 다 파내고
마을 다 뒤집은 석탄 러시rush 있었다던데
하늘 안 보이던 숲 그 숲 넘어서던 칼바람
순애씨 아버지는 능선에 피어난 들꽃 되셨나?
찬 바람 몰아치는 낙엽송 숲 서리꽃 되셨나?
아버지는 만항재 나무 팔아 보리쌀 사고
어머니는 만항재 산나물 팔아 꼬까옷 사고
낮에도 컴컴하던 원시림을 준족의 맨발로 넘었다던데
탄전[*]이 쫄딱구데이^{**}가 되고 쫄딱구데이가 탄좌^{***}가 되고
사람 몸살 탄 분 몸살을 하던 그 시간 어디 갔나?

만항재 내려서는 산바람
낙엽송 천지 서리꽃 왕국 설화雪花의 나라

146

* 탄층이 모여있는 땅이다.
** 소규모 민간 탄광 개발업자들의 탄광을 말한다.
*** 연간 30만톤 이상의 석탄을 생산할 수 있는 지역 내의 여러 광구를 통합해 설정한 석탄 채굴지역이다.

애장[*]
—운탄고도 21

아이를 단애斷崖에 묻었다.
그 깃털의 몸을 안고 끅끅거리며
신을 찾았지만, 어느 신도 응답하지 않았다.

(신은 부재중이었다!)

애장을 치르는 내내
어느 신도 당신을 돌아보지 않았다.
단애로 가는 동안 하늘은 질척대기만 했다.

(언나 어디 갔어요?
아 예예 어디 좀 갔습니다.)

애장을 마친 당신은 눈물샘을 찾느라
피가 나도록 가슴을 쥐어뜯었지만
환영처럼, 걸음마다 들리던 아이 목소리

(언나가 안 보이니더?

아 예예 아이가 좀 아파서요.)

슬픔을 매몰차게 뿌리치던 산맥

당신을 온통 둘러싸고 눈시울 근처에서

울창 울창한 소나무들이 손들어 가리키는 곳

애장터는 단애에 있고, 사는 것은 요곡애 같아서

가난한 삶이 어깨 맞댄 이곳은 경동성 요곡운동** 의 소굴

그리움의 가파른 급애急崖*** 가 길을 막는다.

* 아이의 시신을 장사 지내는 일 또는 그 장지를 말한다.
** 지각이 휘어 올라오는 지각운동을 말하는데 한반도의 요곡운동에 경동이라는 수식어를 붙인 이유는 지각이 비대칭적으로 기울어지면서 휘어진 지각운동이라는 점을 강조하기 위함이다. 이로 인해 동고서저의 지형이 생겨났다.
*** 산 사면이 수직에 가까운 급경사를 이룬 지형을 말한다.

허기
—운탄고도 21

검은 눈 녹아내린 길
비포장 신작로를 따라
카바이드 등 헬멧에 달고
검은 장화 신고 걷는 사내여

사내여
먼 산 보며 참았던 눈물 숨어 짓는 사내여
구공탄 연기 감도는 사택에서 밤 지샌 아내 생각하는가?
미아리에서? 청량리에서? 더러는 망우리에서?
이름 모를 대포*집에서 만났다던 눈매 고운 그녀 그리는가?
탄좌의 오일장 기웃대며 걷는 사내여 무얼 하려 그러는가?
간주날 받은 봉투 한참을 매만지며 딸아이 고운 발 감싸줄
꽃신 살까 망설이는가?

흰 눈 녹으면 검고 검은 길
반반한 곳 하나 없는 그 진창을

체념을 안주 삼아 걷는 사내여

걷는 것밖에 모르는 앞뒤 꽉 막힌 사내여.

* 큰 바가지를 의미하는데 술을 뜰 때 바가지를 사용하던 문화에
서 유래했다.

터
―운탄고도 23

돌무더기를 보니
작은 움막이 있었던 것 같아.
주변에 마구 자란 돌배나무들
제법 평탄한 집터엔
웃자란 수리취 곰취 잔대 더덕 줄기
샘터였을까? 낙엽송 타고 내린 하늘
낮은 소리로 중얼대며 천천히 흐르네.

바닥만 남고 찢긴 고무신 한 짝 험한 산길 기억하는
십일 문 반 그 흔적만 남은 족적 위에 쌓이는 나뭇잎
먼 산맥 위를 흐르는 공지선 아래 을반 퇴갱? 병반 입갱?
광차 불빛이 힐끔 지상을 엿보던 11구 맞은편 산바람이
3억 년 전으로부터 불어오는가 양치식물 촘촘한 이 터에?

자작나무숲
—운탄고도 24

안목의 경계를 넘어서
정신의 기개를 선보이며
끝없는 지향으로 기립의 무게를 견디고
인환人寰의 관습을 시야에 담아 높은 산맥으로 날려 보낸다.

신성의 시점에서 반복되던 시간은
부재하는 영원의 풍경을 재생하고
고립을 견디며 스스로의 이유를 옹립擁立한다.

흰 샤먼의 나무는
변경의 삶 그 엄숙한 제단을 시위侍衛하며
육화의 날을 기다리는 것인지.

평안누층군 고생대 지층의 속살 유린하는 숨결을
죽어서 지층을 이룰 살아있는 육신의 피땀을
양각의 송곳으로 푸른 숲에 새겨 넣는다.

공전의 파동을 놓치지 않고
가난한 지번에 촉수를 내려놓으며
빛나는 백화피白樺皮로 산촌을 경계하고
살아 무한한 질문들 그 척박한 도모를 모아서 모색하며
삶의 신장대를 흔들어 신사神祀의 연륜을 화촉에 투각透刻
한다.

구비길
—운탄고도 25

백두대간의 등가죽을 딛고선 가문비나무 숲
가까스로 돌고 돌아 푸른 능선을 교묘히 돌아서
어딘지 모를 곳으로 흘러가는 저 구비길.

출사하지 못한 서툰 은자의 주문을 가슴에 품고
명확하지 않은 시대를 살아내며 생사의 이면을 엿보며
동경의 낙원은 뇌수 속에 숨기고 기립한 연봉을 맴돌아
신의 경지를 슬쩍 보여주는 천기누설의 산림山林에 기대어
도끼와 톱으로 곡괭이와 삽으로 능선을 연결한 이들의
절절한 기도와 고단하게 꺾인 관절을 기어코 기억해 보는
너는?

너는 노동자의 아들, 너는 광부의 딸, 너는 운탄고도 달리
던 운전사의 아들
너는 화전민의 딸, 너는 소개민疏開民의 아들, 고원을 뒤덮
은 막장의 흔적
그 뜨겁게 검었던 길 위의 날들을 돌아보다 아무래도 보

이지 않던 사람의 길을
멀어서 간절한 신들의 산맥을 가늘게 뜬 눈으로 가늠해
보는 너는?

다람쥐, 너는 노루 너는 까투리 너는 산토끼 너는 고랭지 배추
너는 낙엽송 너는 소나무 너는 물푸레나무 너는 자작나무 너는
무엇이든 되고 아무것도 아닌 너는? 아무것도 아니지만
무엇이든
되고픈 너는? 마침내 네 아비와 어미가 잠들어 풀 먹이고
산 키우는
타지에서 귀향의 꿈을 품은 채 동경의 장막을 거두어 자
멸하는 겸손을
저울질하는 것인가?

잊힌 것들이 곧 잊힐 것들의 옷자락을 부여잡는
법열法悅의 이면에 너를 심고 또 심어서 마침내 절절한
그늘로 밟히거나 부서지는 낙엽으로 쌓이거나 시천으로

봄을 뿌리다가 눈보라 속으로 숨어드는 속씨식물이 되어

함백산 능선 가문비나무 옆이나 전나무 그늘에서 홀로

아름답게 피었다 사라질 후계後繼들의 발걸음을 비추나니.

무슨 꽃? 무슨 풀? 무슨 나무? 무슨 바람? 무슨 새? 무슨

산짐승? 무슨 사람?

너를 너이게 하는 무수한 의문부호에 답하며 전라의 심장

드러내고

굽이치는 생의 능선과 산맥들을 빛나는 예언의 칼날로 후

비고 파헤쳐

생각들이 드러난 자리마다 혼재하는 무수한 삶의 흔적들

을 들추며

스스로 깨어나는 시간, 고원의 바람이 구름 한 아름을 부

려놓는 함백산

막막한 능선이 되어 무심으로 응시하며 끝없이 흘러가는

저 구비길.

해설

마음에 무언가를 담아본 적 있는,
쓸쓸하고 절박한

박찬일

모토 1

화전민의 아들이여/ 가난한 신의 부제여/ 산맥의 한파
가 가만히 물어보면/ 아버지는 문풍지 바른 문을 단단
히 닫았고/ 어머니는 이불 덮고 읽으라고 웃으며 이르
셨다.

—「소한 풍경」 부분

모토 2

이생이 궁금했을까?// 봄이 되면/ 높은 산 깊은 계곡 사
이로/ 나비 한 마리 포르르 날아오른다.// 광부의 쓸쓸
한 혼이/ 저렇게 처연히 환생하는가?// 저것 봐 저것 좀

봐/ 참꽃 핀 봄마다 춤을 추는/ 저 뜨거운 혼백

　　　　　　　　　　　　　　—「애호랑나비」부분

모토 3

그래도 나는 죽고만 싶었네./ 공평한 게 좋았거든.// 그
러나 기각, 기각, 기각.// 내 소망은 언제가 기각됐지.
때가 아니었는지/ 이미 산 주검인 내게 항소권조차 없
었지

　　　　　　　　　　　　　　—「유일한 기쁨」부분

모토4

나를 슬퍼하지 마라. 삶의 끝에 있다고./ 끝이라고 하는
말은 망상일 뿐이다./ 나는 흙과 물에 불과 바람에 넉넉
히 귀의歸依할 것이다.

　　　　　　　　　　　　—「길고양이의 마지막 법문」부분

모토 5

"길 잃은" 자의 시(「길 잃은 나도 돌아서 간다」). "꽃잎
지듯" 사라지려는 자의 시(「꽃잎 지듯 바람 지듯 그렇
게」). "영원한 사랑"('이팝나무의 꽃말')을 의도하던 자
의 시(「이팝나무꽃이 피는 시절」). "충전 중인" 시절이
있던 자의 시(「지금은 충전 중이다」). 고통인 "그리운 것

들"로 사는 자의 시(「머나먼 남쪽 하늘 아래」). 최종 해결이 소멸(과 부활)인 것을 인식한 자의 시(「없어질 있음」). 이미 죽어있는 자의 시, "구차"함을 벗어난 자의 시(「잠시 울었는지도 모른다」)

1. 들어가며

니체의 키워드는 고통이다. 고통으로 요약되었다. 고대 그리스인들만큼이나 생-로-병-사의 잔혹성을 이해 understanding했다. 니체는 그리스인이 올림포스산과 비극(아이스퀼로스, 소포클레스)을 만들어 신들이 인간의 삶을 살연서, 인간의 삶을 정당화하게 했다. 신들의 고통이 인간의 고통을 정당화하게 했다. 신은 진리에 육박한다. 진리는 수용의 대상이지 반박의 대상이 아니다. 『차라투스트라』에서는 초인간 사상 및 영원회귀 사상을 주조해 '그들'의 고통을 정당화하게 했다. 유발 하라리는 주지하다시피 사피엔스에서 고통이 실재인 것을 알렸고, 민족 기업 화폐 종교 인권 등등을 허구로 알렸다. [사변적 실재론(하먼, 샤비로), 의미장 존재론(가브리엘)에서는 모두가 '강력한' 실재다] '민족'은 피를 안 흘리고, 민족전쟁에 참여한 군사는 피를 흘린다. '기업'은 피를 안 흘리지만 해

고된 노동자는 피를 흘린다. —생생한 고통이다.

김동헌은 니체 이상으로, 그리스인 이상으로, 고통을 응시했고, 비자연적 방법으로써 고통을 넘어가게 했다. 그렇게 그의 문학을 설계했다. 고통의 시 한 편 한 편으로 고통을 정당화하게 했고, 그를 고통의 나락에서 해방시키고자 했(는지 모른)다.

> 어쩌다가 나는 통증의 몸이 되었다.
> 고통은 비밀스럽게 생겨나서 몸 안에
> 미궁과 같은 통로를 만들었다. […]
> 통증만큼 확실한 실존이 있는가.
> 생생한 느낌을 오롯이 체감하는
> 은밀한 고문. 죽어가는 몸을 보며
> 삶이 선명히 보이는 서글픈 아이러니. […]
> 이제 안 아픈 척하기가 힘들어졌다.
> 부인하지 않겠다. 내 피의 DNA는 고통이다.
>
> —「통증」부분

다음은 백석의 「나와 나타샤와 흰 당나귀」의 탁월한 패러디. 패러디의 요건은 형식 모방과 내용 변용, 그리고 비판적 거리. 역시 핵심은 '세상은 더러워서 버린다.' '백석'은

"나의 아가씨여 세상 같은 건 더러워서 버릴 수 있겠네."
로 변주되었다. 이것도 대긍정의 차원에서 보면 부정만도
아니다. 부정의 대긍정이다. 열쇠어는 사실 "세상"이다.
18세기 말 19세기 초의 '역사적 낭만주의'가 세상에 비판
적이었다. 환상 꿈 분열 광기 등으로 당시 흥기하고 있던
부르주아 시민계급의 이데올로기인 최대이윤의 법칙, 그
리고 이를 위하는 합리주의 효율주의를 비판했다. 김동헌
의 '세상'도 더러운 세상이다. 더러운 세상 아닌 적 있었
나? 할 때의 그 더러운 세상들. 시인은 긍정과 부정의 분
열 상태. 이러지도 못하고 저러지도 못하는 자가 시인詩人
이다. 사실 시인 중의 시인이 그렇다.

나의 아가씨여 나의 환생이 그대와 함께라면
밤이면 별 같은 이야기로 서로의 곁을 지키고
낮이면 햇살 정겨운 툇마루에 누워서
한 쌍의 구국새처럼 무위無爲를 노래할 수 있다면

오 그대가 가난한 나의 나타샤가 된다면
아득하고 싱싱한 나의 사랑이 깊어져서
지지리골 자작나무 숲에 북극같이 폭설이 내려도
나의 아가씨여 세상 같은 건 더러워서 버릴 수 있겠네. 나
의 아가씨여.

우리의 이야기로 긴긴밤이 짧아진다면

응앙응앙 우는 흰 당나귀쯤이야 없어도 그만이지.

네가 나의 너라면 맑은 샘물 한잔으로도 충분하지.

나의 나타샤여 영원한 나의 아가씨여.

　　　　　　　　　—「백석의 시를 생각하며」부분

긍정 대긍정의 시는 백석과 김동헌의 시에서 생생하게 전
경화全景化되었다. 고통을 긍정하고, 환희!를 —긍정하고,
환희의 최후/고통의 시작을 긍정하고, 환희의 시작/고통
의 최후를 긍정하고. 종말 고통 최후는 삶의 일부분이 아
닌 삶의 전부다. 이것을 긍정하는 것은 대긍정으로서 전
부全部 긍정이다. 긍정과 부정을 교차시키는 김동헌의 공
력工力, 그리고 내공內功.

2. 진실[망치]소리와 고통

다음은 시집 『검은 태양 현상』 '시인의 말'에서이다. 망
치로 '바다 얼음'을 내리찍는(카프카) 소리가 들린다. 과
거의 영혼들을 일일이 불러내는 강신降神 의식으로 구원

하겠다는 프로젝트가 아닐 리 없다. 인용이다.

삶은 얼마나 불완전한가? 기억은 얼마나 조작되기 쉬
운가? 진실은 얼마나 진실하지 않은가? […] 무無로
돌아간 것들을 소환하는 강신降神의 의식. 옛날의 운
탄고도는 탄화된 기억 속에만 존재한다. 그 기억을 불
러내어 기록하는 것. 그 시절 운탄고도를 살았던 사람
들과 그들을 품었던 산하를 추억하는 것. 무상無常함
에 의미를 더하는 것. 시는 그 일도 마땅히 해야 한다
고 믿었다.

다음 시詩에서도 망치로 언 바다를 내리치는 소리가 난다.
둘째 연 셋째 연 넷째 연이다.

　　더러 깊은숨 몰아쉬고
　　더러 심장을 부여잡고
　　더러 고통에 몸부림치면서

　　피어나는 저 꽃 지저귀는 저 새소리
　　오래 잊고 살았던 두런두런 사람들 소리
　　아아 이토록 간곡한 망각의 전조들

새여 돌탑에 앉은 검은 새여

너는 하늘이 가깝겠구나

별이 가슴에 가득하겠구나

—「문수봉에 서서」 부분

다시 고통: 『검은 태양 현상』 시집을 관통하는 정동affects은 망각과 고통이다. 고통과 망각은 동전의 앞뒷면에 놓인다. 망각과 고통은 긴밀한 상호연결관계interconnectedness에 놓인다.

기억[Erinnerungen, 추억]은 우리를 잠시 행복하게 하고, 망각은 우리로 하여금 살만하고 견딜만하게 한다. — 발작의 말이다.

어느 정도 망각은 있다. 기억도 행복하지만은 않다. 망각으로 사라져버린 것들을 의식할 때 이것은 시인의 품격에 관해서이다. 무상성[완전한 무無, nihil]으로의 돌진은 뿌리로의 돌진 같은 것으로서 시인들, 작가 일반의 전매특허 같은 것. 빼어난 시인으로 가는 입장권 같은 것. (죽은) 별을 가슴에 가득 품은 시인은 수동적 멜랑콜리커가 아닌, 능동적 적극적 멜랑콜리커.

3. 운탄고도

다음은 옴니버스식으로 쓰여진 시. 역시 죽음이라는 사태에 주목했다. 죽음이라는 중간 제목이 선명히 찍힌 단락을 인용한다.

죽음

싸락눈 되어
언 땅 파고드는 저 주검
추위에 떠는 것은 생명뿐
맥박을 잊은 당신은 땅속에서 편안하고
겨울잠 주무시나요? 봄 되고 참꽃 피면
움 돋나요? 싹 틔우나요?
갈건葛巾으로 동여맨 뇌수 속에서
한파처럼 몰아치던 질문은
사토捨土로 묻히고.

—「백운산—운탄고도 5」부분

죽음 그 자체라는 말이 가능한 건가. 필자에게 '죽음 그 자체'로 읽혔으나. 시인은 사실 그림을 그렸다 그림과 같은 시라고 할 때 명예는 사실 그림에 돌아간다. 격률 '그

168

림과 같은 시'는 호라티우스가 시(혹은 시인)에게 그림과 같은 시를 요구한 것처럼 보이나, 이것은 사실이 아니었고, 그림에게 (그림과 같은) 시가 정당화될 것을 요구한 것이었다. 요컨대 서사敍事가 있는 그림을 요구한 것이었다. 회화적 이미지에 서사를 부여하라는 것. (당시의 일이다, 지금의 일이 아니다.) 이류의 회화는 일류의 시문학을 본받아야 한다, 이것이 호라티우스의 본뜻이었다. [그림과 같은 시를 액면 그대로 받아들이면 시가 보조관념으로서, 시에게 회화처럼 되기를 요청한 것이 된다]

죽음과 어울릴 자격이 있는 것은 "봄" "참꽃" "움" "싹" 등이다. 시인은 절묘한 한 수를 둔 바, "추위에 떠는 것은 생명뿐"이라고 한 것. 산 자가 추위의 것이고, 죽은 자는? 죽은 자는 추위의 것이 아니다. 죽은 자의 몫이 봄 참꽃 움 싹이다. 시인은 몰락─죽음에서 부활하는 시적詩的 기적을 연출해냈다. 몰락─죽음을 혹독하게 겪은 자에게만 몰락 죽음으로부터의 부활이 찾아오리. 먼저 죽은 자들을 일일이 호명하여 깨우고, 머지않아 합류하게 될 산 자들도 일일이 호명하여 부활을 보여주리. 나의 옆구리를 만져보라. 싹 틔움을 보느냐, 움 돋음을 보느냐.

운탄고도 연작시들은 이 시집의 가장 깊숙한 곳을 붙잡고 있는 것으로서, 라이트모티브 이상의, 요컨대 아폴론적/디오니소스적 멜로디 역할을 한다. 아폴론의 잔잔한 멜로디가 결국은 근원적 모순 및 근원적 고통의 표상인 '근원적 일자Ureins'의 멜로디, 그 불협화음Dissonanz의 광포한 멜로디인 디오니소스 멜로디에 갇힌다. 이름다운 아폴론이 디오니소스에 정보를 새겨놓고 사라진다. 다음은 '운탄고도 4' 뒤의 3개 연이다. [운탄고도는 석탄광에 관해서이다]

　　흰 눈이 낙엽송 사이를 고르고
　　혹한이 당신 콧등을 쪼개듯 내리치면
　　설피를 신고 오르던 아아 두위봉, 두위봉!
　　산정에 서서 아무리 돌아봐도 산 넘어 산 숲 건너 숲.

　　검은 길과 흰 길이 기호처럼 모호한 운탄고도
　　선과 악은 우리가 알 수 없는 지경에나 있는지
　　살아갈 길 아득해 산사람 된 화전민의 움막에서
　　당신은 중립의 손을 녹이고 잊었던 세상의 말을 나눴네.

　　가끔 계시처럼 산허리를 감도는 불안한 불빛
　　들리지 않으나 존재하는 모든 것의 흔적
　　고원의 밤을 긁는 빛에 반사된 하늘
　　선악의 경계도 없이 깊기만 했던 아버지의 심연
　　　　　　　　　　　　　—「두위봉—운탄고도 4」 부분

"흰 눈" "혹한" "설피" "움막" 등의 비인간 생명이 표상시키는 극한의 운탄고도! "검은 길과 흰 길"이 십자가(?) 모양으로 나있는, 하여 십자가[기독교]의 "선과 악"을 말하게 하는 운탄고도. 구원의 목소리는 더 내려갈 곳 없는 밑바닥에서, '막장'에서 들리는 것 아닌가? 예수가 더 내려갈 곳 없는 곳으로 내려가, 내는 소리, 붓다가 더 내려갈 곳 없는 곳으로 내려가, 내는 소리. 이른바 로고스로서, 계시Offenbarung로서, 선악의 경계를 무너뜨리고 올라오는 것 아닌가. 낮은 곳에 임하시는 神신을 찾아, 낮은 곳에서 '그들'과 식사를 나누고. '그들'과 함께 식사를 거른 성녀 '시몬 베유'가 생각난다. 시몬 베유에 시인 김동헌의 얼굴이 겹친다.

해 뜨면
동발 닮은 그대들이
무저갱과 같은 검은 입으로 들어간다.

스스로 택한 막다른 이 길
처자식 얼굴이 막장까지 따라와
카바이드 등 아래 일렁인다.
[…]
해 지면

장승같은 사내들이

침출수처럼 인조동굴을 빠져나온다.

―「하루―운탄고도 7」 부분

"무저갱"은 말 그대로 끝없는 심연이다. '인간과 인간 사이에 심연이 있다.' 인간과 인간 사이에는 교통-소통을 불가능하게 하는 심연이 가로막고 있다. 심연은 인간과 인간의 마음속에도 있다. 그래서 정현종은 '사람과 사람 사이에 섬이 있다'고 한 모양이다. 섬은 바닷속의 섬으로서 그 끝이 무저갱이다. 섬이 심연이다.

(김동헌 시인에게 묻는 듯. 묻고 싶은 듯) 시인의 사명이란 무엇인가? 답은 사실 나와 있다. 이해하기 쉽지 않은 답. "궁핍한 시대에"(In duerftiger Zeit, 횔더린, 『빵과 포도주』) '시인의 사명'은 그 심연을 퍼내어 심연을 드러나게 하는 일이다.

여기 매일매일 "무저갱 같은 검은 잎"으로 들어가는 자가 있고, 여기 매일매일 "해 기울면" "인조동굴을 빠져나"오는 "동발 같은 사내"가 있다. 시인詩人은 극한의 삶을 사는 무저갱의 사내들을 (언어로) 똑같은 눈물과 피로 퍼내는 자이다. 인류는 어디로 가는가? 궁핍한 시대의 끝이 있는가?

그래 사랑이나 우정은 나약한 자의 양식

마음에 무언가를 담아 본 적 없는 사람은

오늘도 그냥 걸어서 먼 산으로 더 먼 산으로

기다려 줄 사람 하나 없지만

싸리꽃을 보며 바위너설을 오르며

삶처럼 위태로운 절벽 위를 걸어서

청설모를 보며 멧돼지를 보며 찬샘 지나

민골 지나 구름인 듯 바람인 듯

형체조차 모를 죽음인 듯 삶인 듯

그 비슷한 무엇을 기대조차 않지만

산에 숨어들어 산에 기대어 산 사람

　　　　　　　—「먼 산으로—운탄고도 14」 부분

"마음에 무언가를 담아본 적" 있는 자의 시다, 매일매일
담는 자의 시이다. —무겁다. 세상과의 고립이 하등 이상
하지 않은 자의 시다.

"산에 숨어들어 산에 기대어 산 사람"의 시다. '마야의 베
일 Schleier der Maja' 속에 들어가 있는 듯. "구름인 듯
바람인 듯"이라고 했기 때문이다. 바람과 구름은 '육체와
허공이 한 몸'이라고 했나? '마야의 베일'(쇼펜하우어,
『의지와 표상으로서의 세계』) 본뜻은, 잘 알려진 대로, 일

렁이는 물결인 줄 알았는데 반짝이는 햇빛이었네, 반짝이는 햇빛인 줄 알았는데 일렁이는 물결이었네. 삶인가 죽음인가? 꿈인가 생시인가? 등이다. 이것을 인위적으로 만들 줄 아는 자는 예술가다. 예술이 그 '있음과 없음'[비동시적인 것의 동시성]으로, 현존Dasein을 정당화한다. 도망간다고 나무랄 일 아님, 숨어 산 사람[자신] 보고 나무랄 일 아님. 시인이 쓴 절창이 '운탄고도 14'이었다. 압권 하나가 "마음에 무언가를 담아본 적 없는 사람"이라는 구절이다. —아이러니였다. 전율의 아이러니였다. 시집 『검은 태양 현상』은 마음에 무언가를 담아본 적 있는 사람-인간-시인의 시!

마음에 무언가를 담아놓았을 때 무슨 일이 일어나는가. 마야의 베일을 쓰는 사건(쇼펜하우어)이 일어나고, '어린이 사태'(니체)가 일어난다. 김동헌 시인의 경우다: 니체-쇼펜하우어 둘 다 분별이 무너지는 사태에 관해 주목했다.

강조: '상극相剋에의 의지'를 극복하는 사태에 관해서이다. —아닌가? 의지는 쇼펜하우어에게 상극이고, 맹목이고, 그러나 이념이고, 물자체이고, 음악이고, 예술이고, 합창이고, 시詩이기도 하다.

"사랑과 우정"은 이미 낡았다. "위태로운 절벽"이 나의 친구다. "청설모" "멧돼지" "찬샘" "민골"이 나의 친구다. 이

174

번 시집 『검은 태양 현상』 시편들의 압권 중의 압권이 객체들의 민주주의, 사물들의 민주주의, 행위자의 민주주의, 평평한 민주주의flat democracy 아니었던가.

마음에 무엇을 담아둔 적 있는 자가 "지나"갈 줄 안다. 미야의 베일 행로를 지나 어린이 행로로, 그리고 이를 넘어 식물 동물 무생물과도 교감을 나눈다. 교감의 조건은 공감empathy이다. 똑똑 노크한다. 김동헌 시인은 비인간 생명과도 기분(혹은 퀄리아[감각질])을 나누는 자.

> 어디로 가나요? 바람골이 골에서 단숨에 올라온 한기에
> 샘물조차 얼어 버리던 물한리를 한 짐 세간 등에 지고
> 철부지 손 잡고
> 떠나던 당신 어디에 있나요? 투방집 툇마루에 앉아 장
> 화를 털거나
> 삶처럼 높이 쌓인 눈을 넉가래로 밀어 지상에 신의 표식
> 을 새기던 이.
>
> ―「물한리―운탄고도 13」부분

마음에 둔 것이 드러날 때마다 필자의 몸에 고압 전류가 흐른다. 현기증을 느낀다.

'운탄고도 13'에는 나그네의 삶을 살던 ―『검은 태양 현

상」 시편들 여러 곳에서 암시했던— 화전민 같은 삶을 살던 때의 절절한 기억이 묻어난다. "한 집 세간 등에 지고, 철부지 손 잡고/ 떠나던 당신 어디에 있나요?" 화자는 절규한다. "신의 표식을 지상에 새기던 이"—'당신!'에게서 예수가 나타난다. 세상을 구원하려고 스스로 고통과 죽음을 자청한 예수. 고통과 '죽음과 같은 고통'을 지상에서 겪는 자는 모두 예수. '운탄고도 13'은 그 예수(들)에게 바치는 시.

노가리 넘으면 버들치 버들치 넘으면 화절치
등피마저 시린 백운산 넘어 함백산 숨 가쁜 태백산 깜깜
한 고원의 능선들
세상 피해 사람 피해 산골로 들어왔지만 결국 막장 같은
백운산
노가리 은둔자의 세상은 합리적으로 닫아버린 갱도처럼
불합리했다.

첩첩의 산 오르면 더 푸른 산의 물결
부평초로 흘러든 사람들 하나, 둘 지워가고
노가리에 숨어든 사람 숲 되어 스러져도
여전히 분주한 산새와 다람쥐들 청설모와 산돼지들.
                    —「노가리—운탄고도 17」 부분

'운탄고도 17'에도 객체들의 형이상학, 객체들의 눈부신 나열이 있다. 아래 연 '맨 끝 행': 화자는 "산새들 다람쥐들 청설모들 산돼지들"과 함께-서로miteibader-zueinader 있는 자. 존재자로서 존재의 가장 깊은 곳을 들여다보는 자는 "산새들"의 행로, "다람쥐들"의 행로, "청설모들"의 행로, "산돼지들"의 행로, 그리고 화자 김동헌의 행로(가 아닐 리 없다).

인간과 비인간은 존재로서 같다. 차이는 종차이라기보다 정도degree의 차이다. 김동헌의 존재론이다. 김동헌은 객체(지향)존재론에 가시적으로, 탈관념적으로, 합류했다.

다음, '운탄고도 6'을 보라. '저 아래'에서 인용한 절창 '운탄고도 26'이 재생산되었다. 운탄고도는 얼마나 깊으냐, 얼마나 더 가야 하느냐? 얼마나 더 기다려야 '고도'는 나타나느냐.

종일 걸어 닳은 아버지의 자취방
연탄재와 탄가루가 포자처럼 쌓인
산 중턱 읍내가 내려다보이는 방
들어서자 훅 풍겨오는 아버지 냄새
이 땅을 유리하는 어른의 고독한 냄새
석유풍로가 놓인 윗목 입 짧은 그분이

드시다 남긴 밥 반 공기 쉰 김치

한 종지 헌 신문지 위 핏빛 글씨

큰딸 생일 몇 년 몇 월 몇 일 큰놈

생일 몇 년 몇 월 몇 일 작은놈……

자식들 생각이 날 때 써 내려갔을

낙서 같은 불면의 마음을 엿보다가

열린 방문으로 문득 바라본 객지의 밤

낯선 하늘을 가르던 가공삭도[1]

　—「가공삭도―운탄고도 6」 부분

'운탄고도 6': 아버지와 "아버지의 자취방" "연탄재" "아버지 냄새"["짙은 고독의 냄새"] "석유풍로" "윗목" "밥 반 공기" "쉰 김치" "한 종지" "헌 신문지" "핏빛 글씨" "큰딸 생일" "새끼들 생각" 등. 우선 느끼게 되는 것은 삶의 고단함, 고단함의 고단함의 고단함의…… 무한수이다. 고단함에 +1을 하면 다시 무한수. 물론, 화자의 고통에 대한 (화이트헤드의) 그 느낌feeling의 존속이다. 무한수가 고통의 파노라마이다. 고통의 파노라마가 무한수이다.

1　다음은 김동헌 시인의 "가공삭도" 설명. 가공삭도架空索道는 산악 지대에서 험준한 지형으로 인해 도로의 개통이 어려울 때 운반수단으로 지주탑을 설치한 뒤 케이블 선로를 만들고 버켓을 매달아 석탄을 운빈하던 설비이다. 고원지대 사람들은 이를 소리개차로 부르기도 했다.

178

아버지와 '석유 풍로' 고독 '쉰 김치' 헌 신문지 등을 '함께' 놓음으로써 이 시는 현존재Dasein가 겪는 존재의 비극성을 도드라지게ex-sistere 한다. 비극성의 의미장에 있는 아버지, 아버지와 함께하는 화자. 그러므로 같은 의미장Sinnfelder에서 고통을 공유하는 화자.

주목되는 것은 페르소나가 비애, 애도, 한숨 등을 풍로 김치 고독 신문들과 나누려는 태도이다. 거기서 슬픔이 나오고 거기로 슬픔이 들어간다. 시인은 풍로 생일 윗목에 생명을 부여함으로써 시의 품격을 높이는 진경을 펼쳐 보인다. 신유물론, 혹은 '사변적 실재론speculative realism'의 용어로는 '사물들의 우주universe of things'를 넘어 객체들의 보통선거로써[서] 강조하면 '객체들의 민주주의'이고 '객체지향존재론'(object-oriented ontology, OOO)이다. '동료 피조물들의 민주주의'다. 그들도 아버지만큼 아프고 아버지만큼 고독하다.

발터 벤야민, 그리고 파울 클레의 '새로운 천사Angelus Novus'(1920): 김동헌 시인은 모든 존재자들, 다수의 존재자들의 이름을 하나하나 불러줌으로써 몰락과 소멸의 보편성을 알리는 것 같다. 몰락과 소멸의 자연사__몰락의 우주사__몰락의 인류사를 진리로 정당화시키는 것 같다. 다수는 '많음Vielheit'으로서, 다수가 내는 소리는 진리에 육박한다. 진리를 발언한다. 고통스러운 몰락이 진리이다. 진리일 때 그 진리는 거부의 대상이 아니고, 수용의 대상이다. 진리에 슬픔이 포함되나, 진리는 슬퍼하지 않는다. 진리이기 때문이다. 경지다, 이 경지에 올라오느라 얼마나 많은 고통을 겪었을까, 그리스인들의 고통이고 니체의 고통이고(『비극의 탄생』), 김동헌의 고통이고, 김동헌의 아버지의 고통이고, 대저 고통의 일반화로서 고통의 고통이다. 고통은 객체이고 주체이다.

김동헌의 이번 시집을 읽으면서 계속 확인하는 것은 존재의 참담함(디오니소스)이고, 이에 머물지 않은 존재의 잔잔함(아폴론)이고, 그리고 어쩔 수 없는 디오니소스적 일자로서 근원적 모순과 근원적 고통에 對대해서이다.

　너는 노동자의 아들, 너는 광부의 딸, 너는 운탄고도 달리던 운전사의 아들
　너는 화전민의 딸, 너는 소개민疏開民의 아들, 고원을 뒤덮은 막장의 흔적
　그 뜨겁게 검었던 길 위의 날들을 돌아보다 아무래도 보이지 않던 사람의 길을
　멀어서 간절한 신들의 산맥을 가늘게 뜬 눈으로 가늠해

보는 너는?

다람쥐, 너는 노루 너는 까투리 너는 산토끼 너는 고랭
지 배추
너는 낙엽송 너는 소나무 너는 물푸레나무 너는 자작나
무 너는
무엇이든 되고 아무것도 아닌 너는? 아무것도 아니지만
무엇이든
되고픈 너는? 마침내 네 아비와 어미가 잠들어 풀 먹이
고 산 키우는
타지에서 귀향의 꿈을 품은 채 동경의 장막을 거두어 자
멸하는 겸손을
저울질하는 것인가?
—「구비길—운탄고도 25」 부분

'운탄고도 25'에서도 존재자의 민주주의, 사물들의 민주
주의가 화려하게[화려한 절망으로] 펼쳐진다. (객체들의
민주주의는 김동헌의 '이' 귀한 시집에서 일회적이 아니
다.) '운탄고도 25'는 그 이상이다. [존재자라고 불려지는
것들은 —詩시는 말할 것도 없고— 사실대로 말하면, 늘
그 이상이다. 넘쳐남이다. 존재자들은 그래서 물러나 있
다withdraw(그레이엄 하먼). 수소 원자 2개와 산소 원자 1

개가 합쳐져 물분자가 되나 그 원자 2개와 원자 1개는 그 이상이다. 원자들은 그 이상이다. 어떤 관계항relata이 있기에 결합하여 물분자 H_2O가 되기 때문이다. 물도 H_2O 이상이다. 이산화탄소 CO_2도 그 이상이다. '객체들은 물러나 있다.' —전모는 드러나지 않는다. 수소원자 2개도 그 이상, 산소원자 1개도 그 이상, 알 수 없는 것이 많다 —물러나 있는 것들이다]

김동헌 시인이 부르는 '아버지'는 그 이상이다. 사실 우주를 다 쓸어 담아도 아버지를 채우지 못한다, 충족이유율이 되지 못한다. 비극성의 본질이 여기에 있다. 아버지가 저물고, 우주가 저문다. 고통이 저물고 고통의 고통이 저문다.

'운탄고도 25'가 그 이상인 것은 주체-객체, 주부-술부 Subjekt-Prädikat의 완강한 도식을 깨트린 점이다. 인간중심주의anthropocentrism를 가시적으로 깬 점이다. 인간도 객체들의 일부로서, 위의 '운탄고도 6'의 연장에서 사물들의 민주주의, 행위자들의 민주주의(혹은 행위자-네트워크 이론, actor-network theory, ANT)를 실현했다.

"광부의 딸", 트럭 "운전사의 아들", "슬픈 화전민의 딸", "슬프고 슬픈 소개민의 아들" 등을 넘어, 웅대한 사변적 유물론을 선사했다. 하단 인용문의 "다람쥐" "노루" "까투리"산토끼"고랭지"무"배추"낙엽송"소나무"
"물푸레나무"자작나무"귀향의 꿈" 스스로의 "겸손"
등 의미장을 한껏 한껏 넓혔다. 의미장이 장백산 태백산
유달산을 넘어, 한반도를 넘을 때, 의미장이 표상하는 것
은 보편적 의미장으로서 화자의 고통을 넘어, 한반도의
고통을 넘어, 인류의 고통을 넘어, 우주적 차원의 고통이
된다. 고통을 우주적 고통으로 알림으로써 고통을 넘어
가는 방식!

민주주의의 마지막쯤이 객체들의 민주주의가 아닐까.
운탄고도 6과 운탄고도 25등 운탄고도 연작시들은 매
우 유의미하다. 신 존재란 무엇인가? 존재-신-론
Onto-Theo-Logie이다. 인간 존재란 무엇인가? 존재-
인간-론Onto-Anthropo_Logie이다. 생명 무생명을 망
라한 존재란 무엇인가? 존재-사물-론Onto_Ding-
Logie이다. 운탄고도 연작들이 존재 이상의 광휘를 뿜
는 이유이다.

Matters matter 물질 일반 각각은 소중하다.
Matter matters 물질이 물질 '한다'

'인간중심주의 비판' 강조: 김동헌 이전, 그동안 대부
분의 시편들은 ―사물시가 있었더라도― 대개 사유와

사물의 변증을 벗어나지 못했다. 인간에 의한 세계 점유, 그 상관주의적 순환을 벗어나지 못했다. 철학 일반—형이상학 일반이 상관주의correlationism 일색이었다.

『검은 태양 현상』의 시인 화자는 그동안의 데카르트 칸트 후설 하이데거 비트겐슈타인들의 인간에 의한 세계 상관을 훌쩍 뛰어넘어, 바르트 푸코 데리다의 후기구조주의의 주체 부정을 뛰어넘어, 콘스탄츠학파 로버트 야우스, 볼프강 이저 등 수용미학의 주체 부정을 훌쩍 넘어, 주체를 포함한 모든 것이 객체로서, 그리고 그들 각각이 '객체 이상'인 것을 알렸다. 특히 '운탄고도 6'과 '운탄고도 25'의 사물 객체들은 인간의 보조 역할이 아니다. 비인간nonhumam, 그리고 그들의 존재 방식인 팽창 수축 변형 교란 등으로 움직인다.

시인은 시詩에 역동성을 부여하고 있다. 애도의 시편이라 할 때 이를테면 '연탄'과 '윗목'은 애도 이상의 역할을 한다. 다시: 사람과 사물은 정도程度의 차이이다. 멜랑콜리의 차이를 말할 수 있다. 존재Sein의 수위에서 차이를 말하기 곤란하다. 아버지에 대한 아들의 애도만큼의 수위에 이르랴만. 그렇더라도 이를테면 '연탄'과 '윗목'이 누락된 멜랑콜리가 '멜랑콜리'를 훼손시킬 것은 분명하다 ―부인할 수 없다.

고통을 키워드로 해서 이번 시집을 그것이 도배했다면 그
것은 물론 '아버지 일반'의 고통에 대해서이다. 아버지의
쓸쓸함이 먼저 가고, 화자의 애도가 앞에 가고, 비인간 사
물들의 애도가 거기에 참여하는 진풍경을 보여주었다.
"너는 소나무" "너는 물푸레나무" "너는 자작나무" "너는
무엇이든 되고"가 압권이고, 이어지는 "아무것도 아닌 너
는 아무것도 아니지만 무엇이든 되고픈 너"라고 한 것이
압권이다. 주체―객체의 분별을 넘어, 과학-사회, 자연-
문화의 뿌리 깊은 이분법을 넘어 세계를 하나로 묶어낸,
공력을 보여주었다. 겸손이 일종의 무정부주의적 범신론
적 '쐐기' 역할을 하는 것으로 보인다. 신즉자연deus
natura을 훌쩍 넘어선다.

4. 나가며

[존재-인간-론과 존재-사물-론의 버무림을 말할 수 있다.
김동헌은 존재 하나 하나의 이름을 불러주어 '객체지향철
학'을 구체화하는데 성공했다. 강조하면, 존재인간론과
존재사물론을 합한 명실상부한 객체인간사물론으로서,

'객체들의 민주주의'을 가시적으로 보여주는데 성공했다]
다음은 특별한 시편들.

　　네 미모가 모두를 유혹해도 상관없다.

　　나는 그런 너인 네가 좋으니까.

　　유혹하는 것이 네 의도는 아니니까,

　　네 아름다움에 취해 스스로들 미혹된 것이니까.

　　그럴수록 나는 한 걸음 물러서서 꽃봉오리에 숨은

　　네 맑은 영혼을 혼자서 독판 누릴 것이다.

　　나는 나로 오롯이 있으면서

　　너인 너를 멀찍이 섭리처럼 바라만 볼 것이다.

　　　　　　　　　　　　—「금강초롱꽃」 부분 ①

　　그렇게 우리는 만나는 거지.

　　신탁神託을 거스르고 막장 같은 삶도 잊고

　　그대 숨결 위에 머물다 가는 바람새 되어.

　　　　　　　　　　　　—「바람새」 부분 ②

①과 ②: 관조는 사실 욕망에서 나온다. 알려진 것처럼 득
도의 차원에서가 아니다. 사실 관조가 불가능한 사회-시
대가 아닌가. 시인은 관조적 삶을 '혼자서 독판 누'리겠다

한다. 아이러니다. 어깃장이다. 관조적 삶을, 만들어서라
도, '내것'으로 하겠다는 것은 그만큼의, 그 이상의, 깊은
슬픔에 대한 반증이다.

관조contemplatio에는 구제 기능이 있다. '김동헌'에서 관
조는 죽은 자를 불러내서, 미래에 죽을 자도 불러내서, 몰
락의 보편성을 속삭이는 그 관조다. 관조는 '깊은 관조'로
서 형이상학적 구제와 관계한다. 다음은 형이상학적 구제
를 마친(?) 시인의 독백이다.

그래 살아야지 살아내야지

이승 지나 저승, 저승 건너 이승

산 넘어 산, 바람 넘어 바람인 이 첩첩산중에서

살아야지 그래도 살아 봐야지. [...]

그래. 기어코 살아봐야지

아리랑 아리랑 정선 아라리 한 가락 부르며

근근이 살아가는 산할매처럼.

—「물박달나무」부분

협곡에 다녀왔습니다.

뒤를 좀 돌아보려고요.

다들 앞만 보고 살라고 해서

어울리지 않게 흉내를 내다가

병들어 세상이 외면하는 지경에서야

내가 원하는 내가 되어보려고요.

나조차 잊어 보려고요.

[…]

잘 왔다 반겨주는 반딧불이

이카로스나 에렌텔 같은 저 반딧불이

인기척에 놀라서 뒤돌아보면

저만치 달그림자 안은 물결 위에서

오래 기다렸노라고 왜 이제야 왔냐고

당신은 하냥 산처럼 웃고만 계셨습니다.

나는 홀린 듯이

협곡을 따라 걷고 또 걸었습니다.

당신이 곁에 계신 것 같아 무섭지 않았습니다.

그러자 내 안에 조금씩 푸른 협곡이 쌓이더니

시공을 넘어서 마침내 내가 되어갔습니다.

깊이를 알 수 없는 협곡이 되어갔습니다.

—「협곡에서」 부분

이글의 마무리는 서정적 절창 「협곡에서」가 스스로 담당
한다. 아버지는 지금 어디 계시나? "이카로스나 에렌텔",
'지구에서 가장 먼 행성'에 계시지 않나? 살아서! 우리 시

인들 용어 중, 아주 가슴 아픈, '살아만 있어다오!'가 있지 않나. 비록 만나지 못하더라도.

이 시집을 관통하는 키워드는 아버지! 그리고 키워드는, 마음속에, 그리고 이카로스 행성에 살아 계시는 아버지! 아닌가? 구원에의 도달 아닌가. ▪️